JN072507

こういう旅はもう二度としないだろう

目次

旅について

私は昔から旅行が好きだったのだけど、子育てなどがありずっと行けなかった。
子どもが大きくなり、そろそろ行けそうだと思ったのでまた旅をしたい。
特に海外旅行を。でも私はどんな旅が好きなのだろう。できるのだろう。ひとりで。
それを知りたい。
そのために、まず興味のある旅をいろいろと実践してみることにした。

さて、どこに行こうかと考える。どこでもいいなあ。選択肢は無数にある。
まずは無理のないところからだ。準備運動的な。
手始めに一般的なツアーに参加して様子を見ることにした。

ベトナム

「世界遺産の街ホイアンに4連泊」

2016年1月18日〜22日

21万2810円（ホテル ランクアップ）

旅行の準備運動として私が選んだのは、Kツーリズムの「世界遺産の街ホイアンに4連泊！　中部ベトナム充実の5日間」というツアー。2016年1月18日から22日まで。

ベトナムという近さ、しかもホイアンまで車で数十分のダナン空港へ成田から直行便（約6時間）、そして同じホテルに4連泊という無理のないスケジュールが決め手になった。

ホイアンという街を私は知らなかったのだが、世界遺産に登録されていて風情ある木造家屋が立ち並び、かつてアジアとヨーロッパの交易の中心地として栄え、16〜17世紀には日本人街もあったそう。ふむふむ。これだけ読んでもピンとこないが、とにかく4連泊というのがとてもいい。

申し込み後、締め切り日に旅行会社から連絡が来て、参加者が2名しかいないという。

「現在のところ、参加者が2名しかいらっしゃらないのですが、こちらとしては遂行したいと思います。もうひとりは男性ですがよろしいでしょうか」

と聞かれた。

どうしよう。男の人とふたりだって。

食事はどうなるのか聞いたら、その人とふたりだけで食べるのだそう。ガイドは別の料理なのでと。

嫌だ……。

「男性の方に聞いたところ、私はいいですよとのことでした」

きゃあ〜。まるでブラインドデート。

冗談はさておき、そんなことで旅行の計画を断念するのも嫌なのでOKした。今から申し込む人がいるかもしれないしね。少し緊張しながら出発の日を待つ。

２０１６年1月18日（月）１日目

成田空港15時25分発なのでゆっくり家を出る。

他の参加者や現地ガイドさんとはダナン空港で待ち合わせで、チケットだけ団体カウンターで受け取り、行きの飛行機はひとり。窓際だったけど隣にものすごくよくしゃべるおばちゃんふたりが座ったのでとても苦しかった。飛行機も古くて席ごとのスクリーンもない。おばちゃんたちは床に新聞紙を広げて靴を脱いで、ビールを飲み始めた。ワイワイと楽しそう。私はひっそりとストイックに禁酒の本を読む。でも途中で後ろの席がけっこう空いてることに気づいたので移動させてもらった。

それからは天国。

海外旅行では飛行機の席は毎回、賭けだ。まわりにどういう人が座っているかで大きく気分が変わるから。うるさすぎる人、大きすぎる人、赤ちゃんの号泣など……。


19時50分到着。時差は2時間。

荷物を取って出たところで集合。ちょっと緊張する。現地ガイドさんがいた！

そして……、参加者は全部で5名、ということが判明。女性もひとりいる。よかった〜。ホッとした。おじさん、おじいさん、おじさん、同年配の女性、私。おじいさんとおじさんと女性は3人組。そのおじさんと女性は夫婦。


外はもう暗くなっている。ミニバンに乗り込んでホイアンへと向かう。ガイドさんの名前はニャットさん。予定ではホテルに行く前に夕食をレストランで取ることになっている。

暗い道を1時間弱走り、ホイアンの街に近いレストランに着いた。お客さんはだれもいない。閉店後のようだ。活気もなく、うす暗く寂しい。ベトナム料理がコース風に大皿で出てきた。一瞬、「わあ〜っ」と思ったけど、どれもおいしくなかった。いったいこれは？　と驚くほどの味。これがツアーか……と思う。とりあえず私はちょっとだけ食べる。まだどの人にも親しみがわかず、気が沈む。

食事を終え、夜のホイアンの街へ入った。興味津々。でも暗くてあまり見えない。川の方に明るい電飾が見えただけ。

ホテルへ。

私はホテルをランクアップしていたので、みなさんが降りたあと、数百メートル離れたすぐ近くの他のホテルへ移動してチェックイン。みなさんのホテル「タン・ビン・リバーサイド・ホテル」（4つ星）も悪くなさそうだったが……。

私のホテル「ホテル・ロイヤル・ホイアン・Mギャラリー・コレクション」の部屋はモダンできれいだった。けど、ちょっと張りぼてっぽい。底が浅いというか。形だけというか。

でもお風呂に入ったらやっと落ち着いた。どうしても初日は気持ちが落ち着かないものだ。

12時に就寝。まだ楽しくない。……うすら寂しい。

1月19日（火）2日目

朝だ！　プールサイドでゆったりと朝食。

ここのプールの写真を見て、このホテルがいいと決めたのだった。プールの底のタイルが黒くて、まるで沼のよう。そこがいいと思うのだけど黒というのは珍しいと思う。

お客さんは少なく、とても静かだ。

私はたくさん並んだブッフェの中から、スイカジュース、バナナのつぼみのサラダ、パパイア、パイナップル、バナナ、パッションフルーツ、スイカ、ランブータン、ドラゴンフルーツ、を皿に取る。それからトーストとコーヒー。パパイアがおいしかった。

黒い沼プールの前でゆっくり食べて、とてもリラックスできた。やはりひとりはいいなあ。

隣の人が飲んでいるグラスに入ったカフェオレみたいなのがとても気になった。明日はあれを飲みたい。

部屋に戻って準備をして、8時集合。ホテルのロビー前でウロウロしていたら、昨日の小さなバンが来た。みなさんに挨拶して乗り込む。今日の予定はフエ観光。

フエとは？

ここから車で3時間半もかかる世界遺産になっている町らしい。そこはベトナム最後の王朝、グエン朝の都。その皇帝の居城。

と言われても歴史に疎い私にはピンとこない。往復7時間だって。そんな遠いとこ、全然行きたくない。

と言ってもしょうがない。バンは出発した。

このあたりは大理石の産地なのだそう。

途中で大理石のお店に立ち寄る。たくさんの彫刻、置物、土産物。

ここはおもしろかった。仙人のような不気味なじいさん、陽気なじいさん、大小の色とりどりの丸い玉や石でできた桃、水晶やアメジスト、象嵌《ぞうがん》細工の箱などの土産物を見て、心がキューーッとなる。

私は石が好き。

そしてそこに、特にハッと目を惹《ひ》かれた石があった。山という字の形に見える石。私の苗字に山がつくので、気になってその石をじっと見る。とても好き。素朴さがある。欲しい。でも重い。欲しかったけど、この重いのを持って帰るのもなあと思い、あきらめた。

山、という字に見える石。とても感じがよかった。手触りもなめらかで。次にこういうのに出会ったら買ってもいいなあ。

外に出ると、そこにはまたさまざまな大きな像があった。ランダムに置かれた祈る仏像がお互いに丸く祈り合ってる姿がかわいらしい。マリアさまっぽい像、舌を出した犬の像、オズの魔法使いみたいなのなど、見ていて飽きない。

時間が来たので大人しくバンに乗る。道路にはバイクが多かった。街中のオムツの看板がかわいらしかった。

トイレ休憩。

さびれた雰囲気の観光客専用といった感じのお土産屋さんへ。湖に面していて、人も少ない。湖面からたくさんの棒が出ていて、ここで淡水パールを作っているみたいだった。うす暗い店内の奥の壁際に、埃をかぶったような淡水パールの指輪が陳列されていた。その埃だらけの素朴な感じに惹かれて、ついひとつ買ってしまった。13ドル。金具を切ってつなげたみたいなおもちゃのような指輪だった。

私はこういう片隅の埃だらけに弱い。見捨てられてる感があるものほど、気づかれていないよさがあるのではと……（でもその指輪は一度も使ってない。今度使おう）。こういう小さなお店にも、片隅に神さまが祀《まつ》られていて、バナナやお酒やおかずみたいなのや魚が置いてある。ここだけは生き生きしていた。私には単にかわいいオブジェにしか思えないけど、この国では深い意味があるのだと思い、失礼のないよう遠巻きに眺める。

外に出るとどんよりとした灰色の空。今にも雨が降り出しそうだ。

駐車場から見える湖は、うす水色に広がっていて静かだった。低い雲が山すそに龍のように寝そべっていて。そこに生えていた木の形もとても好きだった。

やっとフエに着いた。

まずはカイディン帝の廟《びょう》というところへ。お墓だって。雨がぱらついているので傘をさす。龍の彫刻のついた階段を上がる。

私はお寺や宮殿に興味がない。ここはガラスや陶器を使ったモザイクが美しいとのこと。確かにきれいかも。でもなぜかそれほどとは思わなかった。うす暗くて。写真で撮るときれいだけど肉眼では真っ暗に見える部屋の中。それよりも私は、外に立ち並んでいた唐傘を頭にのせた人々の石像の方に興味を持った。しっとりとした空気の中に立ち並ぶ兵士たちの緊張感。黒くて。

次に昼食。

宮廷料理だそう。そこはいかにも観光客専用のレストランだった。欧米のお客さんも多い。味は普通に食べやすかった。見た目も工夫が凝らされていて、鳳凰《ほうおう》や魚や亀の形に盛りつけられている。パイナップルにでっかい揚げ物が花束のように刺さって出てきたり。

食後、八角形の塔のあるティエンムー寺に行く。川のほとりにあり、フエの町のシンボル的寺院なのだそう。川が広くて、曇り空の下、ここもしっとりとした情緒があった。みんな靴を脱いでお参りしてたけど私はお参りなんかはつまらないので庭を散歩する。

バイクの多い道を移動して、グエン朝王宮へ。

ここは、13代にわたる皇帝の居城だったそうで、とにかく広い。いろいろ見たけど、撮った写真はなんと2枚だけ。獅子みたいなのと象の形に刈り込まれた木。あまり興味がなかったんだね。帰りに出口の近くで見上げた大きな木の葉っぱが好きで、それだけは何枚も撮った。

それからまた3時間半かけてホイアンへ帰る。往復7時間の苦行。道路の中央分離帯に植えられている木が好きだった。やはり私は歴史的建造物よりも木が好きなようだ。

途中、観光客専用のお土産屋さんに寄ってくれた。そこは定額で買えるという店。値切らずに買えるのはうれしい。私は値切るのが苦手で、できないから。好きなココナッツのものを探して、ココナッツクッキーとココナッツキャンディー、インスタントのフォー、レモン塩（とても安かったけどあまりおいしくなかった）を買う。

空が夕方になっていくほど青く透明になっていき、とてもきれい。海沿いで海鮮料理の夕食。海老とか貝、イカ、チャーハン、青菜炒め。ここはおいしかった。味があっさりしていて。

参加者の方々とところどころで少しずつ話した。ひとり参加のおじさんは65歳ぐらいであまりしゃべらない。自営業で、社長さんか？　よくいる日本のおじさんという感じで、お酒が唯一の楽しみのよう。もしかするとこの人とふたりだったかと思うと……、本当に、そうじゃなくてよかった。

3名で参加された内の女性は、私と同年配で感じがいい。その旦那さんはおだやかな雰囲気。74歳だというおじいさんとこの夫婦は水泳仲間で、おじいさんはひょうひょうとしたおもしろい方。このご夫婦に愛され尊敬されている雰囲気が伝わってくる。奥さんの方がおじいさんにあれこれ注意したり、きつい冗談をよく言うのだけど、笑いながら言う言い方にも愛を感じた。おじいさんは２０１５年の12月にプールで軽い心筋梗塞を起こして手術したばかりだという。

「生きながらえたので、今は余生」と笑っておっしゃる。

私も、「第2の人生ですね！」とそれに合わせる。

この水泳トリオ3人がとても明るくさっぱりしていてよかった。私には清涼飲料水。食事のあと、入り口にあったもの寂しい水槽に熱帯魚がもの寂しく泳いでいたのでじっと見る。きれいな黒と白のエンゼルフィッシュ。

帰りに、「マッサージに行かれる方はお連れします。20ドルです」とニャットさん。ベトナムのマッサージ、体験してみたい……。私と酒好きおじさんが、すかさず申し出た。

そこは街中のマッサージ屋さんだった。他にはだれも人がいない。赤っぽい照明。少し心細い。この店の片隅にも祭壇があって明るく光り、お供え物があってちょっと和む。

私とおじさんはそれぞれ別の部屋に連れていかれた。怖いほどうす暗い、だれもいない部屋でパンツ一丁にされる。

キャー。どうなるの？

女性が来て、ベッドの上でオイルマッサージ。最初はとても緊張したけど、最後には慣れてきて眠りそうになった。それでもうっすら緊張を持続したまま終了。緊張のせいで気持ちいいのかどうかよくわからなかった。酒おじさんと、黙って、呼んでもらったタクシーで帰る。酒おじさんが先に降りて、それから私のホテルへ。

今日のスケジュールがいちばんハードで明日からはわりとゆっくりらしい。よかった。疲れた。旅行でのハードスケジュールは好きじゃない。でもこういうツアーっていちおう詰め込まないといけないのだろう。

1月20日（水）3日目

今日もプールサイドで朝食。静かで人も少なく、ここは好き。ひとりだし。

昨日気になったカフェオレを注文する。前菜いくつか、フォー、パン、パイナップル、ジャム、はちみつ。

フォーはボーイさんに頼んだのだけど、一緒に持ってきてくれた調味料がソースとケチャップだった。これは違うだろう。明日は自分で取りに行こう。おしょう油みたいなタレがあったはず。でも何も入れなくても薄い塩味でおいしかった。ひとりの朝食をゆっくりと終えて、バンの迎えを待つ。

今日はミーソン遺跡というところに行くのだそう。ここから約1時間半。

近くてよかった。そこは2～17世紀に栄えたチャンパ王国時代の宗教寺院遺跡で、ヒンズー教のシヴァ神が祀られている、ベトナム戦争で多くが破壊された、世界遺産に登録されている、70棟以上の遺構が草木に埋もれ自然に溶け込んでいる、のだそう。

着いた。

まず遊園地にあるようなカートみたいなのに乗ってしばらく進む。気持ちいい。途中からは歩いて。とても暑い。

「暑い暑い」と言ってたら、ニャットさんが「これはまだいい方ですね」と。夏は40度近くになるそう。森の中に遺跡が見えてきた。

くずれかけたレンガの建物。私は遺跡にも興味がないのでまわりの景色や植物を眺める。足元にかわいらしいピンク色の丸い花がたくさん生えていた。それはすべて触ると葉が垂れるおじぎ草だった。おもしろかったので触りまくる。

広い敷地内を散歩するようにたらたらと歩いて見学する。ここは欧米人の観光客が多かった。ファミリーで。ポピュラーな観光地のようだ。遺跡を見ても、どうしてもそこに生えている草の方を見てしまう。小道に落ちている落ち葉とか雑草とか。

1時間ほどかけて自由にぐるっと回って元のところに戻ってきた。小さな売店があり、何か民芸品を売っている。その前の小屋ではベトナムの民族舞踊のショーをやってる。踊りには興味がないので人々の後ろからチラッとだけ見た。

ホイアンの街へ帰って、お昼ごはん。

狭い道の奥。ここもまた観光客用のお店だった。たくさんのバスが止まって、人々が降りてくる。エキゾチックで雰囲気のある木製のがっちりとした建物。窓の外にプルメリアの花が咲いている。

スープ、揚げワンタン、かまぼこのようなすり身。この揚げワンタンはホイアン3大名物のあれだろうか。3大名物というのは、カオラウという麺、ホワイトローズという白いお米の皮に海老のすり身を包んで蒸した蒸しギョウザっぽいもの。そして豚肉と海老を包んで揚げた揚げワンタン。それから、野菜炒めや小さなお肉を煮たもの、味のついた魚のソテー、ごはんが来た。デザートは葉っぱに包んで蒸した緑色の餅のようなもの。全体的に味はそれほどでもない。やはり団体観光客相手の店だからなあ。

真ん中に大皿でドンと来て、それをみんなでシェアする。みなさんそれほどたくさん食べないので、たいてい残る。

トイレに行ったら、2階のテラスで、外に手を洗う水が大きなかめに溜まっていて、ココナッツのひしゃくで汲《く》んで手にかける方式だった。その水はそのまま下に落ちていく。

私は平気だったけど、酒おじさんはその水がめが不衛生だとぶつぶつ文句を言っていた。

案外繊細なんだ。


それから、シルク工場を見学。

街中の小ぶりの工場。小さな蚕、大きな蚕。繭から糸をつむぐ様子。機織《はたお》りの様子を見る。そのままお土産売り場へと続く。シルク刺繍《ししゅう》のテーブルクロスが山になっている。テーブルクロスはいらないなあ。

あのひょうひょうとした余生のおじいさんがテーブルクロスとスカーフを大量に買っていた。水泳仲間の奥さんが「すぐ買っちゃうから」と笑ってる。シルク刺繍の絵もあって感心しながら見て回る。欲しくはなかったけど。

次に、トゥボン川クルーズとタンハー陶器村見学。街の中を歩いて川へ。

街は、全体的に建物が黄色く統一されていて映画のセットのよう。あちこちの木から提灯《ちょうちん》がぶらさがり、お祭りっぽい。とてもかわいく、平和的で、観光地なんだなあと思う。人がちらほら。お土産屋さんが気になるけど先へ進む。

クルーズだって！　うれしい！

と思っていたら、ガソリンの臭いと音がすごいモーターボートに乗って川を上っていくのだった。上流へしばらく進んだら到着。緑色の葉っぱと黒い木の実がかわいく落ちている川沿いの道を歩いて、陶器を売っているお店へ。

女の人が立ってつまんなそうに足でろくろを蹴って回して、おばあさんがしゃがんで粘土を形作っている。そのおばあさんは80歳ぐらいで名物おばあさんだという。ろくろはとてもなめらかによく回っていた。だれかやってみませんか？　と言われ、水泳の旦那さんがやっていた。

続きの部屋にある売店を見に行く。欲しいものがあったら何か買おうかなと思ったけど何もなかった。水泳奥さんが入れ子式のお茶碗を買っていた。

またボートに乗って戻る。

舟はいいなあ。

ガソリン臭くて音がうるさいけど、それでも水の上を進むのは楽しい。

夕食までフリー。

ホイアンの旧市街をそぞろ歩く。風情ある黄色い建物が並び、みんなお土産物屋さんやカフェになっている。観光客も多く安全な感じがする。ひとりで歩いていても怖くない。人々が行き交う、自由な雰囲気。

露店の小さなテーブルに並べられた1ドルのメモ帳を4冊買って、カフェでベトナムコーヒーを飲む。コンデンスミルクにコーヒーをドリップするホワイトコーヒーというもの。甘くておいしかった。

川沿いの道に切り紙細工のカードを売る人がたくさんいて、地面に敷いたシートの上にカードをたくさん並べている。開くと立ち上がる飛び出す絵本のようなカード。小さいのは1ドル。大きいのは2ドル。道ばたにずらりと並んでいる様子がかわいい。子ども連れのお母さんがカードを並べていた。子どもたちがそばで遊んでいる。懐かしいようなその感じ。

ホテルへと川沿いをゆっくり歩く。歩いて10分ぐらい。屋台の赤や水色のプラスチックの椅子が並んでいる。夜にはここがにぎわうのだろう。

夕方、ホテルに車が迎えに来た。これから夕食へ。川沿いの素敵なところらしい。バイクがたくさん走る道を通って行くとやがて着いた。確かに、川沿いでちょっとロマンチックだが、時間が早いせいかまだガラガラ。素敵なだけに今までよりもお酒の値段が高く、2倍ぐらいするそうで、お酒を飲むおじさん2名が怒っている。

いいじゃん～、こういうところだからだよ、と私は思う。料理の味はそれほどおいしくはなかった。名物のカオラウ、ホワイトローズが出て、あとはスープ、炒め物、焼き物、デザート。

食べ終えて、帰りは街で降ろしてもらって私はひとりでぶらぶら歩き。そういうことができるほど、ここは怖くない。

川沿いのランタンがとてもきれいで、にぎやかで楽しい。広場では棒渡りとかスイカ割りみたいな素朴なゲームをやってる。とても懐かしい雰囲気。

川にはボートが出て、客引き。ロウソク流し。ナイトマーケットでは、ランタンや小物がたくさん。

ナイトマーケットを見て、川沿いのゲームを見ながらホテルへと歩いて帰る。にぎやかで、楽しく、きれいで、寂しい。全部がまざった感じだった。

1月21日（木）　4日目
朝食。今までと違って今日はお客さんが多い。
なぜ？

お気に入りのプールわきは端っこしか空いてなかった。そして注文したカフェオレがなかなか来ない。2度も催促しましたよ。メニューはもうだいたいわかってるので、好きなものを厳選して食べる。

午前中はホイアンの市内観光。みんなで歩いて回る。観光客はみんな午前中に昨日行ったミーソン遺跡ツアーに行くので、午前中は街には観光客が少ないのだそう。

来遠橋、フーンフンの家、福建会館などの観光名所を回る。福建会館というのは華僑の集会所で中庭や像や祭壇があり、細部をじっくり見るとおもしろい。

それからツアーのプログラムで、シクロという人力車に乗る。人でごちゃごちゃした市場わきの道をシクロで走るのは楽しかった。キョロキョロと興味深く、野菜が並んだかごや竹でできた顔の飾りものを見る。らくちんだ。でも車の多い道は排気ガスもすごかった。

昼食。

街中のレストランへ。木がたくさんあって素敵なカフェ。

素敵なカフェに入るのは初めて。料理もおいしいかもと期待が膨らむ。お茶のガラスのカップに葉っぱがおしゃれに入ってたりして。

が、味は普通だった。おいしいとも言えない。

ふたつのお皿で出てきて、それぞれをふたりと3人で分けた。一瞬で数を数えて、これはひとり2個ずつ……とか思う。

今回、私はいつも少なめに食べていた（それほどおいしくなかったので）。そのせいか体が軽く体調もよかった。

酒おじさんがぶつぶつと何か文句を言っている。この人は不平不満が言葉みたいな人だった。何か言う時は、不満を言う時。不満を言って同意を得るのが唯一のコミュニケーション。そういう人ってそういえばいるなと思う。悪気はないんだろうけど無意識にそうなってる。不満が言葉。まわりももうそれに慣れてるんだろう。そういうふうに毎日を生きてるのだろう。体の調子も悪いみたいで同情してしまった。

午後はフリー。今日がツアー最後の日。私以外のみなさんはオプショナルツアーでダナンへ観光に行かれた。五行山に登って、大変だったけどおもしろかったみたい。おもしろエピソードを水泳奥さんが語ってくれた。

私は街歩きして他のホテルウォッチングをしてから、カフェでココナッツアイスを食べた。とても暑かったので汗だくになってホテルへ戻り、本を持ってプールに行く。

その時は人も少なく静かだった。2往復も泳いだら涼しくなったのでデッキチェアで読書をする。そのままうとうとうたた寝。すると大声でしゃべる観光客がバーッとやってきてバシャバシャ泳ぎ出した。うるさくなった。でも、のんびりできてよかった。

夕方になったのでまた歩いて10分ぐらいの街へ。橋が架かっているメインの場所。

夕方で、気持ちいい。いちばん好きな時間だ。

この橋からの眺めが好き。川にはボートが浮かび、道ばたにはお土産物が広げられ、人々がなんということもなく立ち話をしてて、何かを焼くいい匂いもして。

今日は夕食もフリーなので自分でどこかのお店に入って食べなくては。緊張する。チラシを見て行こうと決めていたお店に入り、食べようと決めていたホワイトローズを注文する。2個ぐらいでよかったけど一皿に8個もあった。落ち着かないまま、急いで食べる。

それから、川沿いをぶらぶら歩きながらいい匂いの焼き鳥をひとつ買った。おいしかった。あちこちで見かけた白いお餅も気になったのでひとつ買う。1個約30円。中にはピーナッツをつぶしたような餡《あん》が入っていた。おいしかったので追加でもう2個買う。夜のおやつに。

だんだん暗くなっていく。

橋を渡ったら、川に浮かんだボートの上からおばあさんが乗らないかと声をかけてきた。

どうしよう。

乗ってみようか。

値段を聞いたら300円ほどだったので乗ることにした。川岸まで降りて、ヨロヨロしながら手を引かれて小舟に飛び乗る。

手漕ぎのボートだから音が静かだ。スーッと動き出す。

ああ。きれい。

だんだん暗くなっていく空。川岸のランタンが川面《かわも》に映ってる。そこを静かにゆられながら進む。ボートの三角形の舳先を眺めながら、私の人生の旅は今から始まるんだなと感傷的に思った（その時は）。


ボートは折り返して、元の岸に着いた。

これからナイトマーケットの中のお店でおいしいと評判のコムガー（蒸し鶏ごはん）を食べる予定。決めていたお店を探して入るとお客さんがだれもいない。不安を感じながら席に着く。コムガーを注文して待つ。

来た。

黄色いごはんの上に蒸して割かれた鶏肉がのってる。鶏肉は柔らかくない。こんな味なんだろうか。あまりおいしくない。このお店って本当に評判のお店なのだろうか？　半分しか食べられなかった。

気を取り直して、にぎやかなナイトマーケットを見ながら川沿いを歩いて帰る。ふと見るとカフェがある。日本語のメニューも出ていた。夕食時だからかだれもいない。またホワイトコーヒーでも飲もうかなと思って入る。奥のキッチンに日本語を勉強していて少し話せる男性がいたのでいろいろ話す。コーヒーがコンデンスミルクに落ちるまでその男性と日本語で話す。いい感じの人だった。コーヒーを飲み、売っていたココナッツクッキーを買う。「いつかまた来ますね」と言って帰る。部屋に戻って白いお餅を2個食べたら妙にお腹が膨れた。

1月22日（金）　5日目

昨日の夜、いろいろ食べ過ぎて胃がもたれぎみ。朝食は今日もにぎわっていて団体さんもいた。もうあの静寂はない。カフェオレと果物と焼きそばを少し食べる。

バンに乗って空港へ。

ダナン空港でガイドのニャットさんとお別れし、残ったお金で売店でお茶などを買う。

ガラガラの飛行機で日本へ。成田空港に着いて、水泳トリオに挨拶した。「また世界のどこかでお会いしましょう」と言ってくれた。いい人たちだった。近くにいなかったので酒飲みのおじさんには挨拶しなかった。

成田エクスプレスに乗って、ドサリと席に沈み込む。

ふう。疲れた。

楽しいことはひとつもなかった。会社の仕事で下見にでも行った気分。いや、ちょっとはあったか。

でも普通の旅行会社のツアーというのは、たぶんどれもこういう感じなのだろう。今回は4連泊で、参加者も5名という少人数でメンバーもまあまあよかったからまだよかったけど、ツアーには自由がない。特に苦しいのは食事の時だ。ずっと一緒に食べて、失礼にならない程度に話を合わせて、会話もそれなりにしなきゃいけない。

こういう旅は二度としないだろう。

もうわかったから、もうチョイスしないだろう（でもホイアンは完全に観光地で、気に入ったのでまた家族で行きたい。あそこだったら自分でも行けると思う）。

黒くて沼のような
プールの前で朝食

「山」に見える石

丸い石がいっぱい

陽気なじいさん

祈り合う仏像

舌を出した犬

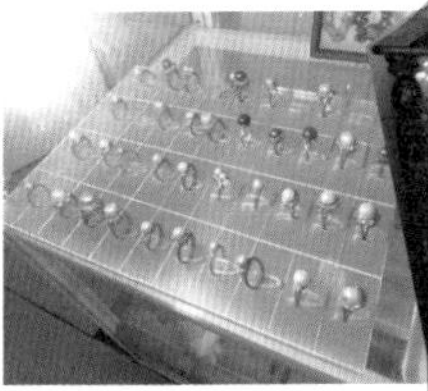

埃をかぶったような
淡水パールの指輪

祭壇

かわいらしい
オムツの看板

下の湖のほとりに生えていた木

ベトナム

低い雲が山すそに龍のように寝そべっていた

カイディン帝の廟
うす暗かった

立ち並んでいた石像に興味

宮廷料理

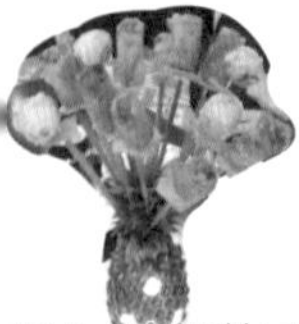

パイナップルに刺した揚げ物の花束

グエン朝王宮で2枚だけ
撮った写真のひとつ

象の形に刈り込まれた木

ティエンムー寺の前の川
しっとりとした情緒があった

見上げた大きな木の葉っぱ

もの寂しく泳いでいた
エンゼルフィッシュ

ッサージ屋で

ミーソン遺跡

遺跡に生える草を見上げる

触りまくったおじぎ草

トゥボン川クルーズ

ベトナムコーヒー

タンハー陶器村
つまんなそうに足でろくろを回す女性

ホイアンの街並み

川辺の景色

夜のランタン

異国情緒

切り紙細工のカードを売る親子

ナイトマーケットで妙に気になった女性

福建会館

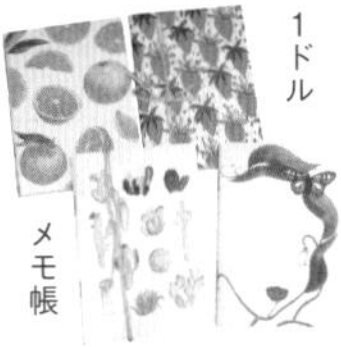

1ドル

メモ帳

私の人生の旅が始まる

夕暮れのホイアンそぞろ歩き

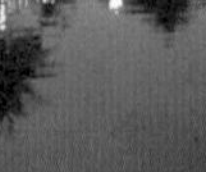

ホワイトローズ

ココナッツのアメ

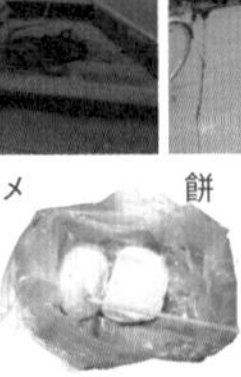

餅

ココナッツアイス

コムガー

ニュージーランド
「先住民のワイタハ族と
火と水のセレモニーを体験するツアー」
2016年2月5日〜13日
24万円＋飛行機代（15万5140円）

ツアーはもういいって言ってなかった？

言ってた。でも、これを申し込んだのはベトナムツアーより前。それにこれは普通のツアーじゃないの。なぜこのツアーに申し込んだのか。

さかのぼること3ヶ月。

その頃私はクリスタルボウルという、クリスタルでできたボウル状のものを打って出すボーンという音に興味を持っていた。低く響くところがよくて。

それでクリスタルボウルの演奏会を探して何度か出かけた。

ある時の演奏会で、ヒーリングライアーという木製のお琴のようなハープのような楽器も一緒に演奏されていた。その音を聞いて、その演奏家の方の話を聞いて、私はとても興味を持った。その楽器は、木製の本体を自分で削るところから始まるのだそう。手をかけ時間をかけて作り上げ、それを奏でるという、なかなか気持ちのこもりそうな楽器だと思った。

そして、そのヒーリングライアーをちょっと私も作りたいなあと思い（作らなかった）、次のワークショップがどこであるか調べていたところ、このニュージーランドの「火と水のセレモニーを体験するツアー」の案内を見つけたのだ。

「2014年10月、50年に一度行われるワイタハの水の集会で、177年ぶりに羽黒山伏の手によって東のゲートに火が灯された。その火のエネルギーを灯し続け、環太平洋に繋《つな》ぎ広げるためにも2016年2月に再び集会が行われます。今回は、中米のマヤ族からグランドマザーが来て下さりマヤの火＋ワイタハの火で儀式を行い西のゲートを活性化します。そして、ゲストの講話や音楽・踊りで楽しみます」。壮大だ。

ワイタハ族の長老というのは「幼少の頃よりシャーマンになる為に祖父母に育てられ、3歳の頃に洞窟で地中に3日間埋められる死の儀式を受ける。ワイタハの伝統を教えるシャーマンである。龍のお世話をするドラゴンケアーテイカー」と書いてある。日本にも来て龍の学校を何度か開催したことがあるそう。

ううむ。

なんかよくわからないけど。おもしろいかもしれない。

スケジュールをよく見ると、現地集合で8泊9日、セレモニー以外にもマオリ族の祝典に行ったり、岬や洞窟を見たり、オプションでドルフィンクルーズもあるというので観光もできそう。ただ気になるのは、ワイタハ族の聖なるマラエという集会所に6日間も宿泊することで、寝袋持参、全員で雑魚寝、と書いてある。

いったいそこはどんな世界なのだろう？

しばらく考えた末、こんな機会はもうないだろうと思い、行ってみることにした。詳しいことは何も知らないけどそれもすべてお楽しみということで。

そう。流れにまかせて生きよう。

なおこのツアーはスピリチュアルなツアーです。郷に入っては郷に従えで思い切り浸ってみます。

２０１６年２月４日（木）

現地集合となっているが、日本から直行便で行く人は午後４時に成田空港南ウイングカウンターで顔合わせ、とのこと。

ニュージーランド航空のところにだれかいるはずだが、特にそれらしき人々は見当たらない。

どうしよう。ひとり、若い女性が心細そうに立っている。カートにたくさんの荷物をのせて。神社でお守りを売るところにいるような、アルバイトの巫女《みこ》さんのような和風の顔立ちだ。彼女もそうかなと思い、声をかけたらそうだった。でも他の人はどこにいるのだろう。

手元の資料のスタッフの方の電話番号に電話をかけると、今、チェックインの手続きをしているところということなので私も自分でチェックインする。別に自分で行ってもいいんだ。だったらひとりでチャカチャカやるわ。

そのまま出国手続きも済ませた。

出発時間が変更になり、6時半が7時20分になったので時間がかなりある。どうしようかと出発ロビーをウロウロしていたらフットマッサージのお店を見つけた。

ラッキー。

ここで時間をつぶそう。フットとヘッドのマッサージを合わせて40分お願いする。長時間のフライトだしね。足を軽くしよう。いつも出発までの時間が退屈だったから今後はできるだけ利用しようと思い、お店の会員になる。

飛行機に乗り込むところで一応参加者のチェックがあった。

ニュージーランド航空のエコノミーの狭いシートに乗り込む。お隣はニュージーランドのご夫婦。明るく挨拶され、チョコを2個いただいた。ありがとうございます。

2月5日（金）1日目（9日のうちの）

ごはんを食べて、映画を見て、寝て、10時間半ほどでオークランドに到着。

ただ今、ニュージーランドは朝の8時過ぎ。10時に到着ロビーでみなさんと集合ということになっている。入国手続きの長い列に並ぶ。

前方に、よくしゃべる頭つるつるの人が、よく通る声で楽しそうにしゃべっていた。このあとオーストラリアにサーフィンをしに行くとかなんとかって言ってる。


ロビーに行くと、すでに何人かの方が集まっていたのですぐにわかった。

主催者の女性が着物姿で迎えてくれている。彼女自身もヒーラーであり、ヒーリングやチャネリング、浄化、ヒーラー養成講座などを地方でなさってる。長老を日本に招聘《しょうへい》して各地で祈りを行ったりもしているのだとか。活動的で感覚的でかわいらしく、ちょっと不安定な印象。

それからヒーリングライアーの奏者の方もいた。長い髪の女性。この方のホームページを見て、このツアーのことを知ったのだ。癒しの音のファシリテーターとかで、精神世界やヒーリング関係の通訳もやってらっしゃる。落ち着いていて、のんびりとした、やさしい印象。

大きな体の長老、発見！

この方か。龍のお世話をする人、ドラゴンケアーテイカーというのは。

3歳で地中に3日間、埋められた、死の儀式体験者……。アニメーション映画のシュレックそっくりだ。風格があり堂々としているけど、気さくな雰囲気でやさしそう。

そしてグアテマラからのゲスト、マヤ族の女史もいた。小柄できれいなおばあさん。民族衣装を着て、かわいらしくニコニコしていて、見るからに素敵そうな方だ。バリ島のスピリチュアルマスターで、ヒーラーでありヨガもするという男性も来る予定だったけどビザの関係で来れなくなったそう。

日本からのゲストという方もいた。指圧じゃないけど何か独自の身体療法を編み出し、健康セミナーを各地で開催しているという。頭がつるつるで（さっきの人だった）、よくしゃべり、陽気で、どこか得体の知れない、ちょっとうさんくさい印象。妖怪ぬらりひょんみたいな人物。


全員が集合したので空港わきの駐車場でみんなで大きな輪になる。

参加者は総勢30名ほど。ほぼ女性。ご夫婦2組、男性2名。ほとんどが何らかの形でスピリチュアルなことに携わってるようだ。

丸く輪になって、長老が旅の無事を祈る言葉を唱える。私たちも祈る。

すでにスピリチュアル感、満載……。

30名の妖精たち。


11時出発。バスに乗って北上する。長老の住む町へと。

隣に座った方と話す。

その方は、私よりも年上で、ショートカットの気さくなおばちゃん、という感じ。お寺の奥さんなのだそう。ホメオパシーとかヒーリングをされていて、珍しいところでは「傾聴ボランティア」というのをされているそう。ただひたすら相手の話を聞いてあげるのだとか。

一瞬、すごく興味を覚えたが、すぐに消え去った。

ご自分でおっしゃっていたのだが、「私は落ち着きがなくていつもキョロキョロキョロキョロキョロしてるんです」と。確かにそう言ってる今もお尻が浮いてる感じで、気が散漫になっている。たとえば、こっちで話してるのに隣でだれかがワーッと楽しそうに話していたらそっちが気になってソワソワしてしまうタイプ。でも年を感じさせないかわいい雰囲気もある。

ドラえもんのスネ夫とかハツカネズミに似ている。

前にインドに行った時の話をしてくれて、「かつてここにいた！」という強烈なデジャブを体験したという。足の指のあいだに泥がむにゅっと入る感触までリアルに思い出したというので、前世、インドにいたのだろうなと思った。

iPadで外の景色を一生けんめいに撮っているが、使うのが初めてで操作の仕方がわからず、どうもうまくできない、できないと言ってる。撮り損ねた景色を「ああ〜っ」と言いながら振り返って追いかけてる。本当にキョロキョロしてらっしゃる。

12時半にランチ。

郊外のフードコートや中華レストランなどがある場所で、各自、自由に1時間の休憩。私はフードコートでチキンパイと紅茶を食べる。ひとりで心細く……。なので味も感じられない。売店をのぞくと、1リットルの水が4NZドル（約320円）。物価は安くない。

ふたたびバスに乗る。

曇り空で雨がぱらついている。外にはなだらかな緑の丘が続き、牛がいた。

バス内でマイクを使ってマヤ女史の話、「今日はマヤ暦では1日。水の日です。マオリの言葉には、ありがとう、ごめんなさい、がありません。すべてが神に属しているから言う必要がないのです」。

２時半にカウリミュージアムというところに着いた。

観光だ！　うれしい！

地下にある琥珀《こはく》の展示室が素敵なのでぜひ見てください、と教えられたので楽しみ。

カウリというのは、ニュージーランドでしか見られない巨木。かつては北島北部を中心とした広大な森林に分布していたけど、ほとんどが伐採され、現在残っているカウリは大切に保護されて伐採できないそう。高さ50メートル以上、幹の直径15メートル以上、幹の容積２４０立方メートル以上になるものもあり、樹齢が１０００年を超すものも多いとか。

さっそく博物館の中へ入る。

カウリ材で作った豪華な家具、１９００年頃のニュージーランドの生活ぶり、カウリの伐採・加工の作業場面、木を切る道具、長さ22・５メートルの巨大な板などがうまく展示されていた。幹の直径が2メートルもあって本当に大きかった。

そして、地下のカウリ・ガム（琥珀）の展示室へ。びっしりと展示されていた。琥珀好きの私はひそかに大興奮。大小のかたまり、素朴に形作られた小物……。十字架、鳥、どれもかわいい。琥珀のどこが好きなのか考えると、この色かも。飴みたいだから。おいしいはちみつみたいなこっくりとした味の飴。

あのぬらりひょん先生がいた。楽しそうに何か語ってる。調子よく。

最後は売店だ。琥珀の何かを買いたいなあと思って見る。アクセサリーがあった。でもデザインが好きじゃなかったので買わなかった。


夕方。5時45分。

シュレック似の長老のプライベートマラエに到着。

聖なる山プーハンガトホラの麓《ふもと》にあるという木造の集会所。

そこでお葬式も結婚式も行われるというとても神聖な建物らしい。飲食や写真撮影、髪を触ることも禁止。建物の中央のラインに物を置くことはタブー。

長老の家族が集まり、歓迎のセレモニーが行われた。椅子に座って向かい合い、来る者、迎える者、共に挨拶の口上を述べ、最後に全員で抱き合って挨拶を交わす。

ハグだ。私も粛々とやり終える。

奥にたくさん飾られている一族の写真の説明もあり、セレモニーは1時間半も続いた。

そのあと、マットレスを敷きつめ、各自の寝床を作る。私もマットレスにシーツをかぶせ、持参した寝袋を広げた。足元にスーツケース。見渡すとぎっしりで足の踏み場もない。

8時から夕食。

隣の食堂へ移動する。

スープ、パン、焼いた肉、野菜を各自で取りに行く。こういう感じか。食事は期待していなかったので素朴でおいしく感じる。前の席にご夫婦がいらして、旦那さんは宮崎県出身というので親近感を覚える。アーティスティックな技術者で海外生活も長かったらしい。一緒に来たという友人夫婦の旦那さんの方は気の整体師さんで、「すごい人です」と言う。「僕は今までに2回、心臓が止まったことがあるのですが、何も言ってないのにそれを言い当てたのは彼と長老だけです」と言っていた。長老が日本で行った龍の学校に奥さんの方が出て、その縁で今回こちらにいらしたのだそう。

へえ〜っ。

食後にシャワー。男女各3つしかないので順番に。四角く囲まれたシャワー室で急ぎぎみに使う。

寝る前、ぬらりひょん先生がまわりの人たちに施術していたので私も興味を持って近寄る。顔や肩、骨盤、恥骨広げ、乳首回しまで！　さまざまなやり方を教えてもらう。自分で自分を治す体術というので、いいかもと思う。でも痛かった。また、咀嚼《そしゃく》することの大切さを語っていた。なるほど、と思いそれはメモする。ぬらりひょん先生はヘラヘラしてて調子がいいけど、言ってることは納得できる。そう悪い人ではないのかもしれない。


11時、就寝。

全員で雑魚寝。緊張が取れない。

でも郷に入っては郷に従えだ。アイマスクをして眠りに入る。

2月6日（土）2日目
5時半、起床。雨もよう。

6時、朝食。トースト、はちみつ、ジャム、コーヒー。

8時、出発。曇り。

今日はワイタンギという町のお祭り「ワイタンギ・デー」に行くという。それはマオリ族の祝典。何艘ものカヌーが岸にたどり着き、魂のこもったパワフルなハカという踊りを踊るそう。

だんだん晴れてきて、暑くなった。すごく暑い。観光客も多い。

ビーチに行くと、大きなカヌーがやってきて、そこから降りてきた上半身裸の男たちがハカを踊った。力強く、迫力あり。ハカとは、「一瞬で心を見せるもの」らしい。

指定されたグループごとに出店を見学する。お腹が空いたので何か食べたい。名物のマオリハンギという豚肉と野菜をバナナの葉で蒸したものがあったので、数人で分けて食べた。15NZドル。素朴な味でとてもおいしかった。

動物の角を吹いて音を出している人がいて、そのくるくる巻いた角をうまく腕に巻き付けて立っている姿に興味津々。ちょうどよく腕にからまっているのだ。

そのあともたくさんの出店を見ながら歩く。スイカの上にアイスクリームをのせたもの（5NZドル）もおいしかった。

それから、芝生の広がる岬に出て、そこでしばらく寝ころがる。

心が静まった。

あの成田空港で会った女の子もいて、彼女もしばらくそこの木の下で寝ころがってぼんやりしてたら落ち着いたと言っていた。すごく若く見えたけど、聞けば30代半ば。日本的な顔立ちで感受性の強そうな女性だ。彼女も長老の龍の学校の生徒で、亡くなったおばあちゃんの魂を星にかえす儀式をこの旅で行うのだそう（仮にカヤコちゃんとする）。

参加者の内わけがだんだんわかってきた。龍の学校の生徒、ヒーリングライアー奏者、ぬらりひょん先生の生徒、が大きなかたまりだ。知ってる人がだれもいないのは私ひとりかもしれない。

集合時間に遅れた人がいて、それはぬらりひょんの生徒だった。やさしそうな、感じのいい人。

帰りにスーパーマーケットに寄る。マヌカハニー、プロポリス入り歯磨き粉、ココナッツバー、ピーナッツバターを買った。

マラエに戻る。

5時頃、大柄で歌の上手なワイタハ族のエンジェルという女性が歌を教えてくれた。近くにいた数人が集まる。私も興味を惹かれて近づいた。

歌うヒーリング。テ〜ア〜ロハ〜。

輪になって、エンジェルの指示でひとりずつ真ん中に立つ。みんなで囲んで歌う。端からひとりずつ入っていく。中に立った人は、口々に音がどうとか、エネルギーがなんとか、というような感想を言ってる。感激して泣いてる人もいた。みんな次々と真ん中に進み出ていたのですごい。私はいやだ。入りたくない。だれが何のためにそうするか、自分は何のために、というところをちゃんと考えないと。私だけ、中に入らなかった。

もう近づくまい。でもとてもいい歌だった。

シャワーに急いで入り、6時に夕食。蒸し鶏、ポテトなど。

夕食後、長老や女史、ぬらりひょん先生の話があったあと、ここは今晩で最後なのでライアー奏者の方たち5名が演奏を披露してくれた。美しい音色に耳を傾ける。宮崎出身の男性の奥さまも演奏家だった。私は演奏の様子や段取りを興味深く眺める。

5名のワイタハ族のグランマたちが突然、私たちに有料でマッサージやヒーリングをしてくれるというので希望者が募られる。私も手を挙げたけど希望者が多く、これは無理かもと思う。その調整でバタバタしていた。明日以降に持ち越される。

寝る前にあの雑魚寝の部屋で、背中にヒーリングライアーを置いてヒーリングしてもらう。うつぶせの背中に直接置いて演奏してもらうことで音が体に響き、癒されるのだそう。確かにただ聞くだけとは違う。

ふたりの方にそれぞれ違うライアーを演奏してもらった。

水がこぼれるように感じたり、光が飛び回るように感じた。横長の大きなライアーを演奏してくれた人は、かわいくて、芯がしっかりした人だった。この人は妙に落ち着いてるなあと私は感じていた。でもどこか硬い感じで人を寄せつけない雰囲気を持っている。

とにかく、ヒーリングライアーは気持ちいい。背中で奏で、体中に音が響くというところがおもしろい。体験できてうれしかった。やはりこれはスピリチュアルな楽器だと思う。木を彫るところから作るので自分の子どものような気持ちになると話していた。


隣のマットにいるのは最も若い20代の女の子。今、ワーキングホリデーでニュージーランドに来て働いているのだそう。

その奥の人は声が宇多田ヒカルに似てて、和歌山県の龍の里の水の話をしていた。偶然が重なり……みたいな、何か不思議な話だったけど忘れてしまった。やはりだれもかれもがスピリチュアルだ。

昼間集合時間に遅れたぬらりひょんの生徒の女性が、ぬらりひょんに呼ばれて強く叱られていたのでちょっと同情した。

今日は耳栓とアイマスクをして就寝。だんだん慣れてきた。

2月7日（日）3日目

5時、起床。

朝起きてトイレとシャワーと洗面所のある棟に行ったら、おびただしい数の大きなコオロギ。踏まれて死んでいるのもある。踏まないように気をつけて進む。「虫も鳥も人に襲われた経験がないから逃げない」とワイタハ族の方が言っていたけど……。

6時、朝食。

今日はセレモニーのあと、次のマラエに移動するので食後にパッキングと掃除。ゲーム、お祈り、挨拶、写真撮影などを終えて、9時に出発。

長老のマラエとはお別れだけど、一族のみなさんも一緒に次のところに移動する。バスの中で歌詞が書かれた紙が配られ、歌の練習をした。

今日のセレモニーがメインなので、みんな白い服に着替えてる。私もパンフレットにそう書いてあったので白い服を探して持ってきた。白いブラウスに、白じゃないけど白っぽいベージュ色のパンツ（靴は黒だけど）。

ホキアンガ湾という湾に面したホテルに到着。このメインのセレモニーだけに参加する人もいて総勢50名ほどになった。海に面した芝生の上で丸く輪になる。話をしてはいけないので全員無言。写真を撮ってもいけない。

11時30分からセレモニーが始まった。ギャザリング。マヤの火とワイタハの火で行う水のセレモニー。天気がいいので日焼けが気になったけど、興味深く観察する。入り口にワイタハの水を入れた鉢が置かれている。

マヤ女史が中央に敷いた布の上に、ロウソク、石、アーモンド、香料、香辛料、ゴマなどを次々と並べていく。みなさんが持参した石も浄化のために隣の布に置かれている。しまった。私も何か持ってくればよかった。

砂糖で丸く円を描き、東西南北に十字を描く。4人の精霊を表すというものを置き、ハーブを焚《た》く。1から20までの数字のお祈りが唱えられる。みんなが1本ずつ持ったロウソクを置いていく。私も神妙な気持ちになって、そっと置いた。

煙が上がっていく。

2時間ほどでセレモニーが終わった。立ち上る煙で石や自分たちを浄化する。私も煙に近づいてできるだけいっぱい体に当てた。

それから全員でハグ大会。みなさん、感激の様子。私はハグはあまり好きじゃないので、ひととおりやったあと、じりじりと、できるだけ後ろに遠ざかった。

私はひそかに驚いていた。

ニュージーランドの先住民族とマヤ文明の盛大なセレモニーだとばかり思っていたから。

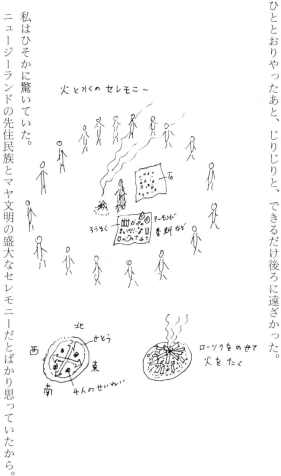

たくさんの人が集まるような。でも実際はこのツアーに参加した日本人と宿泊させてもらってるワイタハ族の方々だけのセレモニーだった。

私がいつもの調子ですべてを素晴らしく受け取りすぎたのか。チラシの写真がよすぎたか。ギャザリング、マヤの火とワイタハの火で行う水のセレモニー、西のゲートの活性化、大いなる光の年、ふたたびマヤの火の輪とつながる……、という言葉たちにクラクラと最大限の神聖なる儀式を想像していた私。つまり、このツアーって単なる仲間内の企画というか、そういうもの？

いやいや、儀式そのものはちゃんとマヤのやり方にのっとった神聖なものだと思うし、この時にやる意味ももちろんそれなりにちゃんとあるとは思うけど。そこまでは疑わないけど。少々、呆然としながら、芝生の丘でワイタハの少年たちが用意してくれたバーベキューをいただく。サラダや肉、ハンバーガーなど、おいしく食べたわ。

ふと見ると、みなさん、思い思いに、平和な感じにくつろいでいる。木陰で寝ころんだり、芝生に腰をおろしたりして満足している様子。

波打ちぎわに白い服で佇む人々がなんだかフォトジェニック。おだやかな愛にあふれる魂の家族たち、か……。みんな白い服なのでスピリチュアル感が特に強い。私も砂浜に降りて波や海藻を眺めた。私も白い服。同じよ。

移動の時間が来た。気を取り直して、バスに乗り込む。

次に連れていかれたのは森の中だった。推定樹齢2000年の「森の神」という意味の大木タネマフタを見る。ふむふむ。確かに大きい。

そして今日からの宿泊先、同じワイタハ族の別のコフェファタマラエへ。こちらは昨日までいた長老のマラエよりも大きい。広くて、伝統的な彫刻が施された素晴らしいマラエだった。が、シャワーの数は変わらず男女3つずつ。

まず、また歓迎のセレモニー。長い話を聞き、こちらからも挨拶をし、ハグし合う。ハグにも慣れたわ。

その後、床にマットを敷く。80人ぐらいいるけど、広いので余裕がある。

そして9時半からディナー。

広い食堂に行って、前に置かれた肉や野菜の大皿から自分のお皿に取る。そして長テーブルの好きな場所に座って食べる。

いつも食事の時は緊張する。今日はどの人の隣で食べることになるのだろうかと考えるから。だいたい顔見知りになった人の隣に座るけど、ちょうどいないこともあるから。知らない人ばかりのテーブルになると気づまりだし、緊張してしまう。この苦しさにはいつまでも慣れない。

今日から新しく来た人がたくさんいた。

特に印象深かったのは、スーパーセールスレディさん。講座を売ってるんだって。夜遊び好きな女性のためのナイトカレッジ。100人のファンを作る方法（100人で月1万円だと月100万円入るでしょ？　と言う）。パン作り。なんでもビジネスに変えるシステムを売っているらしい。とても需要があるのよと言っていた。このパワフルな人だったらありそう。見るからにやり手。人の欲望をビジネスチャンスにすることに対して貪欲。そしてそれを隠さない。

その他、多くを話さないスピリチュアルでミステリアスな美人画家。自ら宇宙巫女と名乗っている。私にもイラストの絵葉書をくれた。

ドキュメンタリー映画の監督。この女性もいかにも仕事ができる感じで、情熱的で、人の心を引きつける話し方をする。このあとオークランドで映画の上映会があるのだとか。その映画が作られ、じわじわと広がっていった感動的な経緯を話してくれた。聞きながら、スネ夫がそのドキュメンタリー映画を「私、前に見た！」と言って、とても興奮していた。目をキラキラさせて。

それから急いでシャワーを浴びる。早く早く。短時間で。

寝ようとしたら、隣のマットのカヤコちゃんが苦しそうにスーツケースにもたれてうつむいていたので、どうしたのかな、具合でも悪いのかなと思っていたら、私に向かって、「ちょっといいですか。話を聞いてください」と言う。

「うん」と言って聞いてみると、「隣の人に意地悪なことを言われて悲しい」と泣き出した。今回長老が、亡くなった親族を星にかえすという儀式をする人がふたりいて、そのひとりがカヤコちゃん。もうひとりがその意地悪を言ったという人。そのふたりは神聖な神さまのいるマラエの中央に寝なさいと長老に言われたのに、もうひとりの人に「あなたはあっちに行ってよ」と中央から外れたところを指示されたと言う。その人は食事の受付などのお手伝いをしているのでこのツアーの中では主催者側に近い立場にいる。その人は確かに私から見てもあまり相手の気持ちを繊細に汲んでるようには見えなかった。悪意があるのではなく、本当にみんなのお世話が大変で、そこまで余裕がないみたいだった。その方も大変なのだろうと思う。

私はじっくり聞きながら、その現場を見てたわけじゃないし、どう言ったらいいかわからなかったのでとりあえず慰めた。この場所は中央の線をはさんだ右側。その人は左側なので、まあ結果的には中央と言えなくもないのだが、その言われ方に傷ついたみたい。

11時に就寝。

自前の寝袋、耳栓、アイマスク。この3点セットで自分の基地を作る。寝袋は今回のためにモンベルで買ってきた。紫色で新しく、きれいなので中に入るとホッとする。ここだけは自分の世界。

ワイタハ族は昔から全員で夢を共有すると言われている。私も夢で何かを見ているのかもしれない。

2月8日（月）4日目（あと5日）

一晩寝て、夢うつつでカヤコちゃんが言ってたことをじっくりと考えた。相手の人の言ったことやその時の状況などを想像して。

朝になってカヤコちゃんが、「昨日はどうもすみませんでした。よく考えたらたいしたことじゃなかったと思いました」とさっぱりとした感じで言った。私は、「私もあれから考えてたんだけど、たぶんその人は深く考えて言ったんじゃないと思う。カヤコちゃんのことを子どもだと思ってるんだよ。本人はなんにも思ってないと思う。あの人もあの人なりに一生けんめいで、いっぱいいっぱいな気がする」と伝えた。

カヤコちゃんは、この1年すごくいろいろなことがあったと言って、とても苦しそうだった。でも奥深くにパワフルなものを感じる。

今日はこのマラエで終日、講話の日。長老やゲストたちの話を聞くことになる。

8時、朝食。バナナ、すもも、キウイ、コーンフレーク。

食後にマットを片づけ、講話の準備をする。

目のブレッシングをするという話が出た。この近くの川でグランマのだれかがやってくれるという。みんな興味がありそうだったけど、急すぎたので段取りがつかず却下される。こんなふうに急に思いつかれても人数が多いので実行できないのだ。そりゃそうだろう。おといのマッサージとヒーリングも、あれからひとりずつ順番に時間のある時にやってるみたいだけど、私まで来るかわからない。

10時半に、長老がおみえになった。

マラエの中をひと目見て、私たちは叱られた。

なぜなら、神聖な、神の通り道の、真ん中のラインに堆《うずたか》くマットを積み上げていたから。

あら、まあ。ホントだ。

この真ん中のラインには、決して、何にも置いてはいけないんだったのに！

片づける時に、どういうふうにしたらいいのかわからず、みんななんとなく、どうするの？　みたいな雰囲気がただよっていたけど、何十人もいて、わらわらやってて、結局ああなってた。

このツアーにはプロの添乗員という立場の人がいない。主催者のスピリチュアルな方とそのご友人が進行の世話をしているようだが、常時、参加者の近くにいるわけではないので、私たちはどうすればいいのか右往左往してしまうことが多々あった。

お手伝いの方々も大変だとは思うが、所詮、素人の仕切りなのだ。他のちゃんとした旅行会社のツアーと比べて、そう思ってしまった。まあでも、しょうがない。

今はここで、ここはそうなのだ。どんなことを思っても、今はこの船にこの人たちと一緒に乗っていて、あと5日は共に進むのだ。それすらも楽しもう。

急いでみんなで、真ん中のラインを避けて両側にマットを寄せる。

準備が整ったので、講話が始まった。

最初は主催者のスピリチュアルな彼女。この方は龍のことをいつも思ってるみたい。日本では龍が囚われていて私はとても悲しくなる、と言う。ニュージーランドでは、龍は普通に山の谷間や湖に寝そべっているのに、と。

「山と山は、エネルギーでつながっています。それを守るために龍たちがいるのです。明日行く岬を守るドラゴンは、私が今までに見た中でいちばん年とったドラゴンでした。片目を開けて、今は起きる時間じゃないから眠らせてほしい、と言っていました。なのでその時私は、日本の子守唄を歌いました。龍は、しかるべき時に起きて仕事をします。人間の勝手な思いで行ったり、お願いしたりできないのです。自然に対しては、敬意をもって接してほしいと願います。パワースポットだとか、スピリチュアルだとかいって、安易にブームにのって行ってはいけないのです」

とても真剣で、とても必死で、とても悲しそうだった。

次に、アメリカからいらした医師の方が話された。バリのヒーラーが来れなくなったから代わりということで。通訳を通して、「私は、心から、話します」と言うので私は大いに期待した。話す前にとても静かな気持ちになった。
なのに、話はとてもつまらなかった。話題が行ったり来たりして要領を得ない。始まりも終わりもない。私たちはお互いにヒーリングし合ってる。自然のリズムを聞けば自然の力と調和できる。宇宙と唱和する。みたいなことを話すのだが、とても退屈だった。
突然、美人で聡明な通訳のFさんが、「今日はおかしい」と言い出した。「訳がブロックされます」。その近くにいたスネ夫も、「なんだかぼんやりした」とあとで言っていた。何か、その辺一帯が、常ならぬ状態になってたみたいだ。私にはまったくわからなかったけど。みな、ザワザワしてる。通訳を他の人に代わってもらってた。その騒動だけはおもしろかった。

その医師の話がようやく終わって、長老が「90パーセントぐらいの方が、今、眠かったのではないですか？　10パーセントぐらいの方が、彼とエネルギー的につながっていたのではと思います。みなさん、よく辛抱してくださいました」と言ったので私はニヤリとした。

次の講師はぬらりひょん先生。場所を外に移しましょうと言って、芝生の上で聞く。みんな窮屈そうだったので、一気に気が晴れた。さすが気が利いてる〜と思った。

自分で整える体術をいろいろ教えてもらった。首の痛み、肩こり、呼吸法、などなど。骨と筋肉を剥がす、とか。私は熱心にメモを取る（でも取っただけでやってない。さすがに1回聞いただけでは身につかないわ）。今回参加しているぬらりひょんの生徒は4人いて、とても厳しそうなおばさんふたりと真面目そうな若い女性ふたり。

ぬらりひょんは年齢は66歳らしいが、すごく元気で健康そう。

長老も同じくらいの年齢なのにいろいろ体の具合が悪いんだって。ぬらりひょんの元気さ、身軽さにいつも感心し、驚いていているそう。今回も気の整体師に治療してもらっていた。

ぬらりひょんは知識も豊富で話がうまく、人を引き込む力がある。マラエの中でも、ぬらりひょんが話し始めるとすぐにまわりに人々が集まってきて、みんなで丸い輪になって聞き入ってしまう。いばっているようでいばってなく、あんがい謙虚。でもしたたかさを感じる。

「俺はなんでもないのに妙に世界の要人に気に入られてさ、世界中に呼ばれていろいろやることになっちゃうんだよなあ〜」と笑ってる。ホント調子がいい。むかつくけど、言ってることは変じゃない。

次はマヤの女史。かわいらしいきれいなおばあさんだ。そこにいらっしゃるだけで心が落ち着く。

日常の中の問題は学ぶ必要があって起きています。

心の底から願うならばそれは必ず叶います。

もし叶わないとすれば英知が守っているからかもしれません。
いちばん長い道のりは、頭から魂への道のりです。
静けさの中にいましょう。
急ぐ必要はありません。
私たちはお互いから学び合うために存在しています。

というようなことをおだやかに話された。よく聞くような内容だけど、癒されたわ〜。
講話中はメモを取り、ひまつぶしに似顔絵を描きながら聞いているのだが、描きたい顔だとスラスラ進む。

そして次に、現在ニュージーランドに住んでいるという心理学者の方。心理学というので人の心の、おもしろく、複雑で、ドロドロとした、暗い、でもその奥に希望がある、みたいな話をしてくれるのかと思ったら、この方の話は少しもおもしろくなかった。マウイ族の現代社会における問題点みたいなお堅い話だった。

最後に、このマラエに住むワイタハ族の男性。

彼は片腕がなかった。

昔、ラグビーをしていたけど、事故にあって片腕を失くしたのだそう。

事故の瞬間、人生のすべてのネガティブなことが映画のように見えた。お兄さんと一緒に歩いていたら3つのドアが見え、ひとつ目のドアを開けたらモンスターがいたので「離せ」と言った。ふたつ目のドアを開けたら「元に戻れ」と言われた。目が覚めたら救護のヘリコプターの上だった。その頃、自分がやってることが何か違うと感じていて、事故によって古代のスピリチュアルについて学ぶことの大切さやスピリットの存在に気づき、人を救うことが使命だと思った。小さい頃、お兄さんと山に入って薬草を取っていた。お母さんもやっていた。それをふたたびやり始めた、と。

今朝、山から取ってきたというマウリの薬草をバケツに入れ、目の前で見せながらいろいろ説明してくれた。マウンカ、ウム、カワカワ、コロミコ、プパテ、ママクーなど。

植物が手渡しで回され、触ったり匂いを嗅いだりした。

これはおもしろかった。

すべての講話が終わった。

グランマたちのスピリチュアルヒーリングは人数が限られるというので私は辞退した。代わりにオプションの泥温泉へ行こうと思ったけど、テンパってるお手伝いの方に今からはもうダメと言われ、ガックリ。しょうがないのでシャワーや読書でゆっくりする。

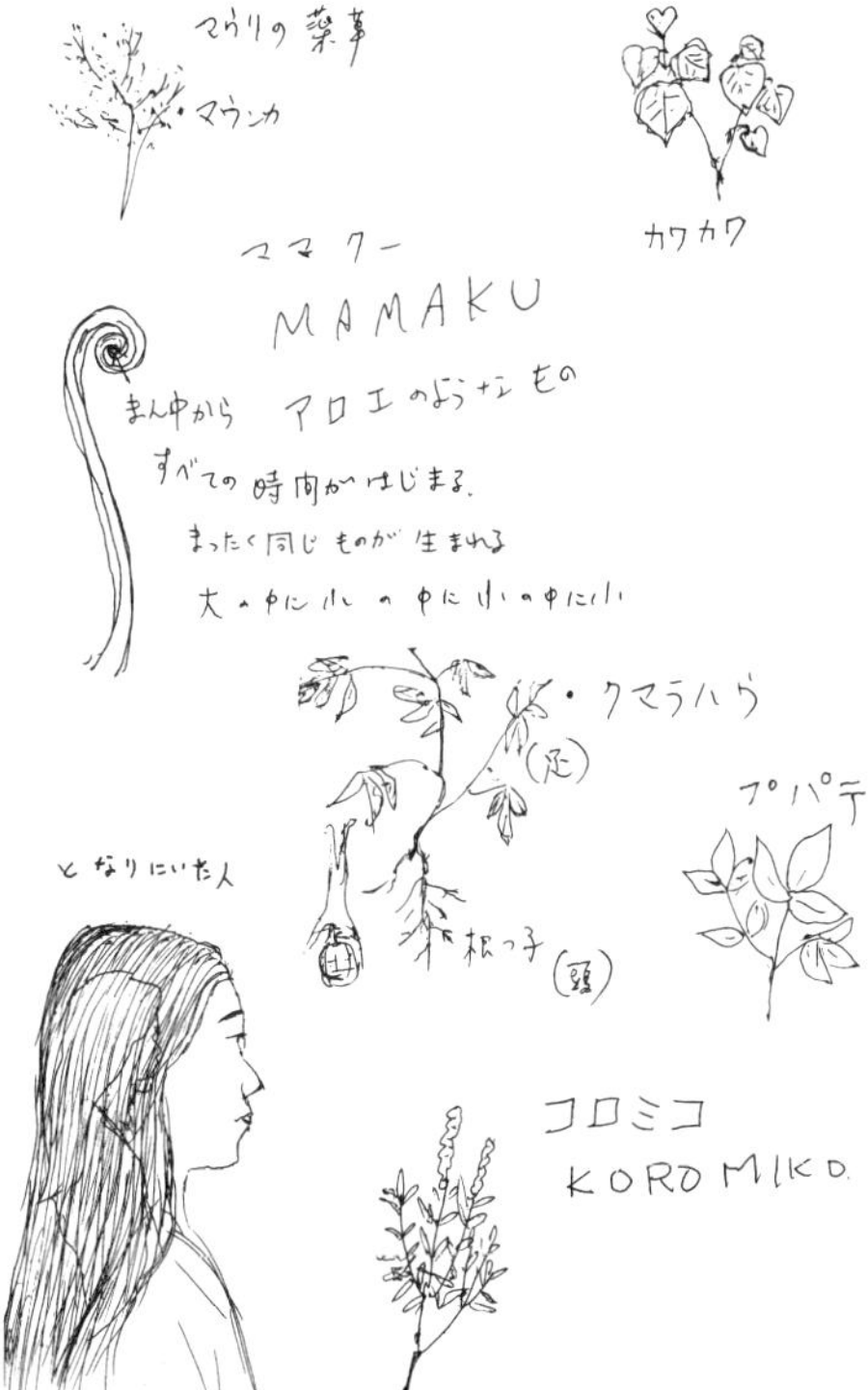

夜7時、マラエの玄関正面に大きな虹が出てる。気持ちのいい夕方だ。部族の子どもたちと仲よくなった人たちがいて、子どもたちが庭で歌を披露してくれた。みんなで取り囲んで拍手。

8時から夕食。入り口には女史が持ってきたマヤの手作りの素朴なお土産品が売られていた。私も何か記念に買おうかなあ。ビーズのブレスレットやチャーム、メモ帳などを買った。どれも数百円ほど。メモ帳には女史がサインしますというので買って持っていったら、女史がちょっと驚いて、恥ずかしそうに英語で感謝の言葉を書いてくれた。おかげで子どもたちを学校に行かせられますとかいうようなこと。

食後に長老の長い話。

マオリ族の歴史や、ワイタハ族は水の運び手という話。龍の話。シリウスと金星のあいだを抜けて入ってきた。アストラル体的旅。ホピ族。七夕の時、年に2回、つながる。最も美しい話は遺伝子に残された記憶。遺伝子に残された記憶がお互いをつなげ合う。マオリの彫刻に刻まれた3つの渦が表すもの。この世界の始まり。生まれて消えて、想像して、動かす。明日行く岬は、魂が旅立つ時に通る岬。魂を運んで天の川へ入る。龍は聖なる山々の頂を見ながら旅をして、湖に入る。そこで清めたあと、最終的な目的地に行く。ある一定期間、木の上で過ごし、そこで許しが出たら海へ入ります。

など、2時間の講話。

長かったので、参加者全員のミニ似顔絵と、ひとことコメントを作成できた。最後に長老が、「おやすみなさい……、さ……よ……な……ら……」とゆっくりと日本語で言ってたの

がかわいかった。

終わって、外に出たらたくさんの星が見えた。オリオン座、天の川……。

寝床に行くと、カヤコちゃんとスネ夫が熱心に何かを相談している。カヤコちゃんは明日のセレモニーの時に着るための着物を持ってきているそう。スネ夫も着物を持ってきているので、一緒に着替えようとか、着るのを手伝ってあげるとかいう相談だった。だから荷物が多かったんだ。

2月9日（火）5日目（あと4日）
カヤコちゃんが朝起きて、「夢を見ました。世界中どこに行ってもいいんだよ、って言われました」と、涙を流しながら言った。それから、「言葉に出すと違うんですね」とも。神妙な気持ちで聞いた。
6時、朝食。長老のお祈り。
7時45分、出発。北の端、聖なるレインガ岬へ。タスマン海と太平洋が合流する場所で、死後、星に戻っていくためのゲートがある場所とのこと。ここでカヤコちゃんのおばあちゃんたちのセレモニーがあるのだな……。いったいどんなのだろう。

バスは牛や羊が点在する小高い丘を越えていった。途中、晴れたり曇ったり、霧の中を進んだりした。

休憩のために売店に寄る。みなさん、小雨がぱらつく中、アイスクリームを食べていた。

12時に岬に到着。片道4時間もかかった。

駐車場で、また丸く大きな輪になって、旅の無事と感謝のお祈り。

そこから灯台まで各自歩く。しゃべったらダメなのだそう。セレモニーが終わるまで写真も撮ってはいけなかったらしいけど、知らなかったからバチバチ風景を撮る。みんなも撮ってた。

とても気持ちのいいところだった。観光客もあちらこちらにいる。どんどん進み、道が二手に分かれてたので、こんもりとした丸い丘に登る左のルートを選んだ。

見晴らしがよく、感じのいい丘だった。

丘を下りて灯台へと向かっていると、海に向かって突き出している四角いところにみんなが集まっている。セレモニーが始まっていた。家族の魂を星にかえすという儀式だ。カヤコちゃんともうひとりの女性が海に向かって座っている。そのまわりを人々が取り囲む。主催者が何かを唱えている。真剣な雰囲気。

私は邪魔しないように少し離れた高台から見ていた。よくわからないけどいろいろなことをやって、厳粛な感じでセレモニーが終了した。カヤコちゃんもひと安心したことだろう。よかったね〜。結局、着物は着てなかった。


セレモニーについて。

私にはピンとこないけど、やってる人たちにとっては重要な儀式なのだろうと思う。儀式というのはそれを信じる人たちのためのもの。私には私の死生観、儀式観があるように。

儀式というのは、何かのために人が作った形、思い込み、自己満足だと思うけど、形や思い込みや自己満足の重要性もわかる。それに救われるのなら、それで気が済むのなら、それに頼れるのなら、とてもとても意味があるし大事なことだと思う。


次にライアー奏者たちがライアーを奏で始めた。みんな白い服を着てる。ライアー奏者たちはなんとなくみんな天使っぽい。やさしくおだやかな雰囲気だ。

その後、大写真撮影大会。みんな思い思いに写真撮影。あの美人宇宙巫女もマヤ女史と一緒に写真を撮ってもらってる。私はもう写真はよっぽどのことでもない限り、まったく撮りたく（撮られたく）ない。魂が取られるからだ。

最後に、みんなで海に向かって小石を投げる。願い事を唱えながら……。

今までは琥珀だか瑪瑙《めのう》だかを配ってそれをみんなで投げていたけど、高いから今回からそこらに落ちてる石にしたんだって。ふふ。


さて、灯台まで歩いてこよう。

のんびり歩いて風に吹かれていたら、よく会う女性とまた会った。なぜか行動パターンが似ていて、マラエの裏庭や洗面所などでたびたび遭遇していた物静かでおだやかで、もたいまさこみたいな雰囲気を持つ人。その方もふら〜っと風に吹かれて歩いていた。

よく会いますね〜と挨拶して、一緒に岬を歩く。

灰色の海と空と緑の草が感じよかったので、「写真を撮りましょうか」と提案して、その方の写真を撮ってあげる。私も撮ってもらった。ここは好き！　という場所で撮る写真は好き。


ランチのサンドイッチを受け取って、2時に出発。

車内で食べる。またここから4時間かけて帰るのだ。4時にカフェのある売店で休憩。私は2ドルのガチャガチャをやって、ごく小さな5ミリほどの瑪瑙のチャームをゲットする。別にうれしくはない。

5時に、小さな町にストップ。そこで今日の夕食をそれぞれ調達する。私は中華をテイクアウトした。買い終えて時間まで公園を散歩する。

そこに背の高い、長いスカートをはいた、よくひとりでいるきれいな方がいたので話す。今までも見かけていたけど（主催者の段取りが悪かった時、「なんでこうなったの？」と不機嫌そうにつぶやいてる声を聞いた）話すのは初めて。

「今回、私は金の龍と銀の龍について聞きたかったんですけど、長老にそれを質問したら、それは別の時にって質問をはぐらかすんです」と彼女。

「へーっ」

「○○さん（主催者のスピリチュアルな人）、私のこと、避けてますよね」

「え？」

「○○さん（ぬらりひょん）も目をそらすんですよ。絶対に目を合わさない」

「そうなんですか？」

自意識過剰では？　と思ったけど私は現場を見てないから何とも言えず。

聞けば彼女は龍関係の仕事をしているのだそう。浄化をする仕事。だから長老に龍のことを聞くのをとても楽しみにしていたのだとか。

今年になって銀の龍が金の龍に変わったとかなんとか言ってた。そして年の初めに虹色の龍を見たと言って、私にその写真を見せてくれた。雲が虹色に光っている。でもこれ、彩雲っていう自然現象では？　と思ったけど、何も言わず。

とにかくその女性は不満を抱えているように感じた。仕事にしているぐらいだから、なんらかのスピリチュアルな力があるのだろう。最後の個人セッションの時に絶対に聞くと息巻いている。それから、浄化の仕事をするようになったいきさつ、修行の話を聞かせてくれて、おもしろかった。


7時半に到着し、8時にマラエに集合。

シェア大会が始まった。ひとりずつ、今日の、あるいは今までの全体の感想を述べていく。

まあ、いやだ。でもみなさん、緊張しながら感想を言っていた。

「龍が飛び跳ねていました」

「海の中に先住民族の入れ墨をした大きな顔が見えました」

ええっ！　みんな、そんなの見たの？　私は何にも。

あの美人宇宙巫女まで、今まで大人しくツンと澄ましてたのに緊張ぎみに長老に向かって、個人的な悲しい事情を涙まじりに告白していた。

ええ、そんな？　そんな場なの？　今って。

宇宙巫女までシュレック長老に心を許してるなんて！　全滅じゃん！

でもまあ、そうか、ここに来てるってことは……そうか。みんな長老が好きなんだなあ。

それぞれの感想が感動的に続く。

ああ。私の番が近づいてくる。ドキドキする。どう言ったら簡単に差しさわりなく終わるかばっかり考える。ついに私の番が来て、さっきから繰り返し考えていた短い文章とお礼を伝える。

終わった。よかった～。ホッ。

あの宮崎出身のおじさんの番になった。この方とあれから時々話したのだが、すごい人みたいなのに全然いばってなくて、素直で純粋ないい人だった。

「数年前から視界に光が、後ろから射しているのですが、病院に行って調べても異状ないと言われます。これは何でしょうか？」

長老「亡くなったおかあさんです」。

奥さまがわあっと泣き出した。

……クライマックス。

その集会は2時間続き、10時に終わった。

テイクアウトした夕食をそれぞれに食べ、シャワー。

裏庭で星を見ていたら、またあのもたいまさこっぽい方と会った。ポツリポツリ言葉を交わす。見上げる空に満天の星。一緒に星を見上げる。

するとある星がピカーッとすごく光って、そのまま消えてしまった。

うん？

今の、なんだろう。

「今、星が……」

私がこの旅で見た唯一の不思議なことがこれだった。みんな龍やなんかいっぱい見てんのに。人それぞれ、その人に見合うものを見てるのだろう。

2月10日（水）　6日目（あと3日）
7時。
朝起きて外に出てみる。霧がうっすら出ていてさわやか。裏庭の柵にはみんなが洗濯したシャツやタオルを干していて、とてもかわいい。

表に出ると、ぬらりひょんと数名が朝陽を見に散歩に行くところだった。あら？　と思い見ていたら、誘われたので私も一緒についていく。白い霧がぼや〜っとかすんで幻想的。朝露にぬれた草花も美しい。

私はゆっくり写真を撮りながら進んだ。道の遠くでみなさんが日の出を眺めているのをこっちから眺める。朝陽が顔を出したとたん、すごい眩しさだった。強烈な陽射しだ。そのシーンがとても素晴らしく見えた。


7時30分、朝食。

隣にぬらりひょんのアシスタントの女性が座った。この女性は寡黙で美人。仕事のできそうな人。いつも静かに後ろに控えている。ぬらりひょんの講話中の映像をおさえたり、調べ物をしたり、なんでもこなす。寡黙なだけにミステリアス。海外も慣れているみたいなので質問した。

「長旅のコツはなんですか？」

「自分のペースをくずさないことですね」

1週間分ぐらいの着替えを持って、必要なものは現地で調達すると。なるほど。あと、どなたかが持っていた小瓶に入った「おばあちゃんの梅エキス」がとてもよさそうだった。その方は旅行には必携していて、これをなめると体調をくずさないという。メモする。ただそれはそこに買いに行かないと手に入らないみたいだった。

宇宙巫女は今日帰るそうで、「美人が帰って寂しいな」とぬらりひょん。薄笑いで微妙に無視する宇宙巫女。


9時から、ぬらりひょんの講話。

印象に残ったのは、「食べるもの、食べ方、食べる時が大事」という話。食事が変わると、人相が変わる。人相が変わると、縁が変わる。縁が変わると、出会う人が変わる。出会う人が変わると、人に教えることができるようになる。人に教えることができるようになると、人生の実りがくる、というような話。お経に書かれているのだとか。

それから、すべての宗教の秘訣は、「相手のレベルに合わせて教える」、というのも私にはピンときた。

ぬらりひょんの話には、悔しいけどうなずかされる。弟子たちが真面目で厳しいのもわかる。彼の体術も実際、効くのだろう。ぬらりひょんは若々しいし、楽しそう。それが何よりの証明だ。

カヤコちゃんはオプションツアーには行かないで、今日はあのワーホリの女の子と夜のディナーの手伝いをすると言う。

それからぬらりひょんのことを、「あんまりいい人じゃないから気をつけた方がいいですよ」と真剣に言うので、「今日の朝、みんなで散歩に行ったよ」と言ったら、「もう行っちゃダメ」と忠告してくれた。

おもしろい。

確かにそう思われそうな（調子のいい、わがままな、はっきり言いすぎる）ところがあるけど、それも私から見ると、（私も含め）同じ穴のむじなだと思えちゃう。ぬらりひょんは、ちゃっかりしてて抜け目のない、でもちょっといいところもある、真面目と不真面目を混ぜ合わせた親せきのおじさんみたいだ。


11時、出発。

今日はオプションのドルフィンクルーズ。

長老も参加する予定だったけど、体の具合が悪いとかでお休みになるそう。

お体、大丈夫だろうか。

船に乗ってイルカを見る予定。なんとなく申し込んでしまったけど、特に見なくてもいいなあとも思う。海沿いの町に着いて、しばらく自由時間。スネ夫とつかず離れず、お土産物屋さんを見て回った。子どもへのお土産に「ニュージーランド」と書いてあるものすごく普通のTシャツを買った（だれも欲しがらなかったので私の部屋着にした）。貝でできた花の形のペンダントも買って、すぐに身につける。

待ち合わせ場所があまりにも暑い。

待ち時間が長く、近くの店の中で待機する。人数のトラブルでシュノーケリングに行けなかった方がこっちに来た。あの叱られていた人だ。かわいそう。でも、それほどめげていないのかな。わかんないけど。辛抱強そう。じっとしている。

彼女のいる世界は私の世界とは違うだろうから私が心配することはないのだろう。気になるのは私が好感を持っているからだろう。

1時30分、ドルフィンクルーズ出発。走り始めたら、思い出した！　船に乗って強い風に吹かれるのが大好きだったこと。いきなり気分がいい。ビュービュー吹かれて大満足。すべてを忘れる。何も気にならない。

ヒャッホー。

イルカ、鳥の群れ、魚の群れ、灯台、クマの笑ってる横顔みたいな雲。

小島に降りて休憩して、クルーズについていたオードブルを食べる。

それから私は芝生に寝ころんで木と空を眺めた。南国の木のシルエット。帰りに見た桟橋に生えた苔の色が、淡い黄緑でとてもきれいだった。

やっぱり海はいいわ〜。


6時半にマラエに帰り着き、シャワーを浴びる。人が少ない時にササッとね。素早く済ます要領もよくなった。

いつも洗面所でバッタリ会う人がいる。それはあのぬらりひょんに叱られていた生徒さん。髪が赤っぽくて、やさしそうな、感じのいい人。

夕食が遅れているようで、8時になってもまだ準備中という。外はまだ明るい。日本の4時ぐらいの明るさだ。なので外で読書をする。


8時半に夕食開始。食後、サプライズがあった。

あの宮崎のご夫婦の結婚式だ。若い頃、結婚式を挙げられなかったのだそう。ワイタハ族の子どもたちと若いワーホリの彼女やカヤコちゃんが手作りのウェディングケーキと花束を運んできた。

奥さま、号泣。

奥さまの涙に私ももらい泣き。おふたりとも、とてもうれしそう。それを見たワイタハ族の若い青年3人が、お祝いにハカを踊ると言って急に踊り出した。ハカは裸の胸を真っ赤になるほどドンドン叩く迫力のある踊りだ。そのすごい迫力と美しさに感動して、私はまた涙。ケーキ入刀が行われ、みんなで歌を歌う。宮崎出身の旦那さま、奥さま、よかったですね〜、としみじみ思う。

今日が最後の夜なので、10時からマラエでクロージングのお祈りがあった。そして長老の言葉。それからワイタハの方と恒例のハグタイム。

きゃあ〜。

あ、でもなんかあの宮崎出身のおじさんには挨拶したかったので自分から進んで行った。「とても純粋な心を持った方だと思いました」と伝える。エリザベス女王にも招かれ、話しかけられたことがあるそうで、それも純粋さゆえだと思う。

ハグというのは郷に入っては郷に従えで、それをする習慣のある人とは恥ずかしくないけど、普段しない日本人同士でするのがなあ。日本では簡単に相手の肌に触れないことが礼儀だから。目もあまり合わさないしね。

その後、またあのでっかい体ときれいな声を持つエンジェルの「テ〜ア〜ロハ〜」の歌のヒーリングが始まった。ひとりずつ順番に中に入って癒され始めたので、私は急いでそこから離れる。恐怖の癒し攻撃。

気の整体師は毎晩、整体で忙しい。みんなやってくれやってくれとお願いに来る。体の大きなワイタハ族の男性もやってもらってた。大きな体を横たえて。すごいという話だが、いったいどんな整体なのだろうと気になってチラチラ眺める。気の整体師、ひっぱりだこ。

それから私は耳栓をして、眠りについた。この生活にも慣れました。

2月11日（木）7日目（あと2日）
6時20分、起床。
今日も朝陽をみんなで見に行く。カヤコちゃんに「ぬらりひょんについていっちゃダメ」と言われたけど、私は大丈夫なのでまた行く。今日は霧で曇っていて日の出は見えなかった。霧もまたよかった。

7時30分、朝食。
掃除。
10時からファイナルセレモニー。またいろいろ話を聞く。
ワイタハは銀の龍、マヤは赤い龍、日本は金の龍、と長老が言っていた。あのスカートの
彼女、聞いてる？　龍のこと言ってるよ〜。ちょっとだけど。ゴールデンドラゴンというト
ンボがマラエの中を飛んでいたとだれかが言ってた。

あの映画監督の女性が、バスに乗る前、最後に長老に、「○※△□◎×という言葉がある
時、聞こえてきたのですが、その意味は何ですか？」と尋ねたら、「宇宙を超えた愛です」
と言われたそうで感激していた。
みんないいんだ。いろいろあって。

バスでオークランドへと向かう。人が減ったので、ひとりで2席使えた。途中、お昼休憩。
パッションフルーツアイスクリームを食べたり、美しいと評判の公衆トイレの写真を撮る。
タイルのモザイクやガラス瓶が埋め込まれていてとてもきれいだった。

次に止まって見学したのは土ボタルのいるワイオミオ洞窟。

しっとりとした森の中の木道を進み、ライトを持って洞窟に入る。奥に進むと、だんだん青白い光があちこちに見えてきた。けっこうすごい。ライトを消して、天井を見上げる。

うわ。満天の星みたい。

頭をきょろきょろ動かして、あっちもこっちも何度も見る。するとだれかが気分が悪くなったと言って、付き添われて外に出ていった。カヤコちゃんだ。どうしたんだろう。

そのままずんずん進み、やがて外に出た。そこからは森の中のアップダウンの多い険しい道を歩いて引き返す。

バスの中で、いろいろなことを考え続けたので目が冴えて、4時間、ちっとも眠くならなかった。この1週間、たくさんの人たちと共同生活をして苦しかったおかげで、今はすごい解放感だ。これからの旅のこと、仕事のこと、人生のことを思う。

ひとりになれる今日の夜が本当に楽しみ。

7時にオークランドのタワーにある「スカイシティ・ホテル」に着いた。

チェックインの手続きを待っているあいだ、ロビーで長いスカートの浄化の彼女に「あれから何が見えた？」と聞いた。

「たくさん見えましたよ」

「どんな？」

「サプライズであの青年がハカを踊った時、顔に入れ墨をした先祖が見えました。彼がしゃべるといつもたくさん寄ってくるんですよ」

「へえ〜っ」

私たちが熱心にしゃべっていたらスネ夫が興味津々にやってきたので彼女を紹介した。鑑定もすると知り、「私も観てもらっていいかな？　時間とかはまだわからないんだけど……」とさっそく申し出て約束している（結局次の日、断ってた）。


8時に部屋へ。

ひとりの部屋。ひとりのベッド、ひとりのバス、トイレ。

しあわせ。信じられない。明日の朝、何時にごはんとかもない。起きる時間も自由。携帯もつながる。ラインで家族に挨拶。

それからスカイタワーに上ってみようかなと思い、準備して出る。

ホテルの廊下で、あの素敵な通訳の女性と会ったので歩きながら話す。

「通訳、お上手ですね。素晴らしかったです」と言ったら、あの、頭がぼうっとなって、わけがわからず記憶が飛んで、訳がブロックされたようになった時のことを、「あんなことは初めてで、本当に通訳として屈辱的でした。反省しています」と言うので、「あの時はあの場所にいた人が何人も同じような状態になったようなので、何かあったんだと思いますよ」と伝える。最後に話せてよかった。

エレベーター前のソファラウンジに何人かうちのツアーの人がいて、カヤコちゃんもいたのでちょっと話す。カヤコちゃんは日本でもイベントに参加してたので思いのほか事情通だ。スピリチュアルな世界は常識から外れているというか、人々がミステリアスでエキセントリックな力関係に縛られていたりするらしい。ちょっとドロドロしてるけどおもしろそう。「私も部屋にいたりいなかったりだけど、もし時間があったら話そうよ。電話してね」と部屋番号を教える。

スカイタワーに上ったら、もう日が沈んでいた。さっきまできれいな紺色の空だったのに、すっかり暗くなっている。西の方の地平線だけが少し明るい。出口近くの売店で何か買おうかなあとうろうろする。Tシャツ、こっちの方がよかったなあ。デザインが。

結局何も買わずに街に出る。夕食用に何か買って帰ろう。ハンバーガーやデリ、中華、いろいろあって迷った末、ケバブのファストフード店に入る。緊張しながらメニューの写真を見てチキンケバブを注文したけど、丸いミートボールみたいな肉もすごく気になり、そのなんとかっていうのも少し欲しい……と指をさしてぼそぼそ言ってたら、これはなんとかっていうので別のもの、と言いつつ困った顔で、ひとつ、ぐいっと押し込んでくれた。サンキューと言う。9・5NZドル。コンビニでお水も調達。部屋に帰って食べたけど、すごいボリュームだった。


お風呂に入ってたら電話が！

ルルル〜、ルルル〜。

カヤコちゃんかも！　いるいる、今行く〜！　あわてて飛び出して、受話器を取ろうとした寸前で切れた。あーん。残念。カヤコちゃんの部屋番号は聞いてないし。これも、運命か〜。噂話を聞きたかったわ。


悲しくあきらめて、部屋でくつろぐ。

明日行くところを携帯で調べたり、本を読んだり。しあわせ。

いいね。ひとりって。

無性に。

今夜は耳栓しなくていいんだ。

2月12日（金）8日目（あと1日）
今日は終日自由行動。夕食はホテル内のレストランでみなさんと最後のディナーだって。
そしてオプションで長老とマヤ女史の個人セッションがある。30分、200NZドル。私はどちらも申し込んだ。こういうチャンスはないと思い。みんなも申し込んでた。
私の予約時間は、マヤ女史が12時から、長老が12時半からだった。休憩なく、すぐ続けてだ。なので午前中は近くの公園と美術館に行って、午後は行きたかったオークランド・ドメインに行こうっと。

9時にホテルを出た。NZドルがないので、まず両替をしなきゃ。2万円分しよう。

両替所や銀行がたくさんある。なんとかっていう両替所が安いと書いてあったけど、公園への通り道にあるところでいいや。

銀行の電光掲示板のレートを見てから、近くの両替所のレートを見る。その両替所で替えたけど、よく考えたら私は計算を間違っていた。銀行の方がレートがよかった。公園のベンチに座ってじっくりと計算する。19NZドルも損してる。悔しくてしゅんとなる。悲しい……。

まあ、いいや。そのアルバート公園はお花も生き生きと咲いて、とてもきれい。美術館もよかった。現代アートだった。

お昼用のホットパイと水を買ってホテルに戻ったら、部屋のドアの下にメモが入ってた。女史のセッション時間が変更になったそう。3時半からに。続けてあるよりもいいか。オークランド・ドメインにはいつ行こう。1時から3時まで行くか……。

さて、持ってきた白いブラウスに着替えて長老のセッションへ。このために持参した一張羅。なのに！

数年ぶりに引っぱり出したら、太ってて着れなくなってた。悲しい。ゆったりとしたリゾート着に変更する。

セッション用の部屋に入ったら、私の前がカヤコちゃんだったようで、ふたりで最後のハグをしているところだった。椅子とベッドのあいだの床に大きく座っている長老にカヤコちゃんが抱きついて、……泣いていた。

私は入り口で靴を脱いで、静かに交代して、おずおずと近づく。通訳をあの感覚的な主催者の方がやってくださるようだ。

挨拶しようとしたら、長老は足の具合が悪いのに立ち上がろうとされたので、あ、そのままで！　とお願いする。本当に具合があまりよくなさそうで心配になる。私は特に聞きたいことはなかったので（日常の細かいことを聞いてもしょうがないと思うので）、どうしようかと思いながら、指示された通り、名前を紙に書く。

するとすぐに「直感を大切に」と言われた。メモを取りながら聞く。

「最初の印象。第2第3に浮かんだことは頭で考えたことです。真実をハートから出して相手につなげなさい。自分のハートと相手のハートをつなげることです。8月から11月……、9月頃、パブリッシングに関して何かいいことが起こるかもしれません。自分を変えようとすると落ち込むので、そのまま、このままでいいです。素直に。あなたが心から伝えたいことは、人々が聞きたいことです。あなたにもドラゴンがついていて、ドラゴンのエネルギーを通して理解し、表現しています」

「はい。苦手な人にはどのように対処したらいいですか？」

「先祖の流れを見ると、あなたは変わらないから、変わることは難しいから、離れればいいのです。そのままの自分でいれば相手の方から去っていくでしょう」

「今後、学ぶべきことはなんですか？」

「我慢強さです。ものごとの動きが遅いことにいら立たず、待つ。ものごとが動くのを待ってください。見守ることを学ぶのです」

「はい。わかりました。ありがとうございます」

ツアー中、私がみんなの似顔絵を描いていたことに気づいていたそう。最終的に全員の似顔絵を描いたけど、長老と女史の似顔絵は特に大きく、数多く描いた。

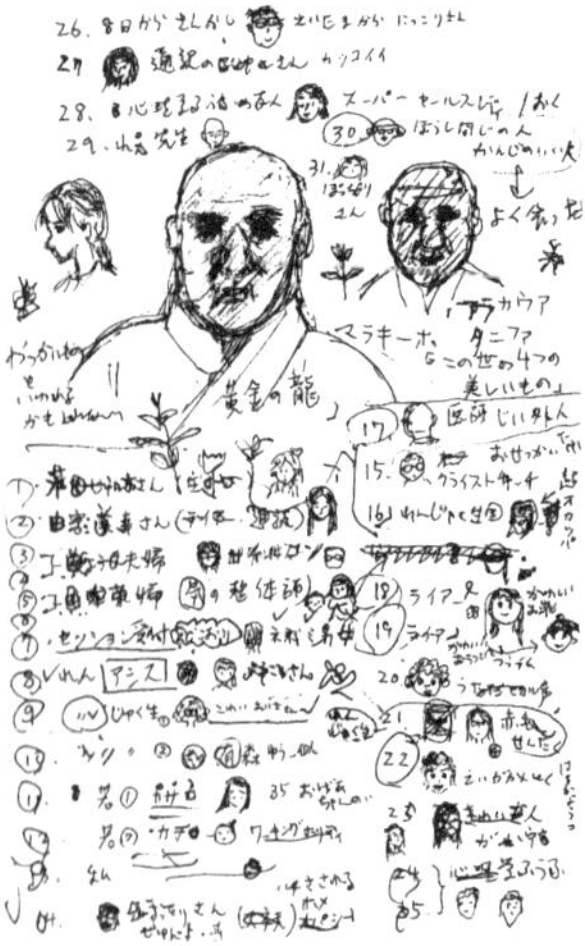

あれこれ何か話して、終了時間が来た。私もせっかくなので軽くハグさせてもらって、お礼を言って去る。いい雰囲気で、30分はあっという間に過ぎた（その後、8月から11月にパブリッシングに関するいいことは特に起こらなかったと思う……）。

でも、「あなたが心から伝えたいことは、人々が聞きたいこと」って。いいね。いい言葉だね。時おり思い出そう。

3時半まで時間があるので、タクシーに乗ってオークランド・ドメインへ。広大な丘の上の公園。温室や博物館、たくさんの大木と芝生の広場がある。

この温室の木にもいい苔が生えていた。ぽわぽわしたうす緑色でかわいい。日本のと違う種類で美しい。苔じゃないのかな？　これ。ふわふわした綿のようだ。私の好きな銀白色のスパニッシュ・モスもあった。

強い陽射しの中、木陰を選んで公園を散歩する。とにかく広い。ある一角をぐるっと回って、時間に遅れないようにタクシーでホテルに戻る。

次はマヤ女史によるマヤ暦の占い。

今度は長い髪のやさしいヒーリングライアーの方が通訳してくれてる。前もって伝えておいた生年月日で占う。たくさんの情報を伝えてくれた。これってこの日に生まれた人は全員こういう傾向がある、こういう性質を持つ、ということだよね。それを知って実際の生活に活用できたらいいよねってことだよね。

言われたことをダラダラ書いても興味ないだろうから、長老に言われたこととかぶってたこと、「急ぎすぎず、ゆっくり。スローダウン」。

はーい。

それから、私には常についている存在がいます、って。

終わって、自分の誕生した日のシンボルのネックレスをくれるみたいなんだけど、もうその日のがなくなってしまったとかで、受胎の日の方のシンボルをくれた。鷲だった。

こちらもいい感じに終わった。

ホント、ここまで生きてくるともう占い師に聞くこともなくなるね。

なにしろこの先に起こることの可能性自体が少ないんだから。同じことを20歳で聞くのと、55歳で聞くのでは意味が違う。結婚の悩みも、子育ての悩みも、仕事の悩みも、進学の悩みももう、ほぼないと言ってもいい。その対象自体がどんどんなくなるんだから、はあ？って感じ。

いいね。アクシデントや健康問題は悩みではなく「対処」だし。思えば、占いに夢を持てたのは、若くて、恋愛と仕事に無限の可能性があると思っていた頃まで。今はもう、夢見てることと本当にしたいこととは違うってことがわかったので無謀な夢は見ない。

とにかく、もうあとの日々はできるだけおだやかに過ごすのみ。今、目の前にいる人々と、ほがらかに、今のこの時間を過ごそうよ、ってだけ。


夜。ホテルのレストランで最後のディナー。

入り口でスネ夫たちが談笑してる。

「どうだった？　予定通りの人生を歩いてるって言われた？」とうれしそうに私に聞く。見ると、女史にもらったペンダントをつけてる。みんなも。

私は「ああ……」と言いながら、人生の予定の道を歩いてるということを話したかな？と考えて口ごもる。そして、「そのペンダント……」。

「もらった？」

「私のはそれじゃない。なくなったからって他のをもらった」と言ったら、気の毒そうにしている。でも私のペンダントの方が大きい。

あの長いスカートの方がいたので、「どうでしたか？　長老に龍のこと聞けましたか？」と聞いたら……、なんて言ったんだっけ。龍のところは忘れちゃったけど覚えてるのは、「この中に龍の力を使って仕事をしている人が４人いますって。ひとりはあの子じゃないかと思うの」

「だれ？」

「洞窟で気分が悪くなってた」

「ああ～」。カヤコちゃんだ。

「洞窟はそうなるんですよ。あそこはいろいろいましたから。私も……」

「感覚が強いとそうなんだ……」

確かにカヤコちゃんはなんかスピリチュアルな道に行きそう。そういえばこのツアーに来た理由を聞いた時、今までスピリチュアルには全然興味がなかったのに、ある時あるお店で長老の「龍の学校」のチラシを見た時、それがピカーッと本当に光って、それで、その学校に行って、そして長老に出会って、おばあちゃんが亡くなって、魂を星にかえしてくれるというので、来たと言ってた。

このスカートの方はすでに龍の仕事をしているから、その中に入るのかな。とにかく、長老から何かいいことを言われたみたいで不満げな口元が消えて満足そうだったのでよかった〜。

長老はいつも龍のことを言ってる。龍のことしか言わない。龍の使い手だから当然だろう。龍が言語なのだ。脳科学者がいつも脳のことしか言わず、何を聞いても脳の例を使って解説するのと同じ。オシャレな人が人をファッションセンスという言語で読み解くように。歌、踊り、絵、トーク、スポーツ。だれでもその人なりのものの受け止め方、独自のものさしがある。その人がものごとを判断する基準が。

私にもあるなあ。私のは「正直さ」かもしれない。真実を語ってる度合い。今、その人の本心のどれくらい近くまでいってるか、話してるか、その人の真実のどれくらい近くで生きてるか、存在してるか、を見ていると思う。

それからレストランへ。バイキングだった。長老以下、みなさんが勢ぞろい。

各自取りに行く。トレイを持って何があるか見ていたら、前に、カヤコちゃんがいた。

メイクして大人っぽく変身してる！

「あら、素敵だね」

ニヤリ、とカヤコちゃん。

自由に食べながら、それぞれに、長老やマヤ女史に挨拶に行ったり、一緒に写真を撮ったりしている。みなさん、引きも切らずに写真撮影。ブログに載せるのか？

まあいいけど。それも参加費の内か……。

私は長老たちの写真を撮ったり一緒に写してもらうのは失礼な気がしてる。その人を尊重すればするほど写真には慎重になる。今ここ！　というタイミングを感じたら、私も一緒に写真を撮ってもらうかもしれないけど、それはこんなざわざわした明るいレストランの中じゃない。自然の中で、人が見ていないところだ。

1時間半ほどで終わって、これからみなさん、ロビーのカフェに移動するようだったけど、私はこれ以上一緒にいても話すことがないと思い、部屋に戻った。

ゆっくりお風呂に入ったり、片づけやパッキングをする。明日は早朝5時半にロビー集合なので、11時に就寝。

2月13日（土）9日目

5時半、集合。

バスに乗り込む時、主催者の方が見送りに出てきてくれた。あ、この人が本当に長いスカートの人を避けてるか見てみようと思って、興味深く見てたけど、避けている様子は全然なかった。彼女の思い過ごしじゃないかな。それとも私には見えない次元の出来事なのだろうか。

空港のロビーで飛行機を待つあいだ、売店で巻きずしを買って食べる。サーモンと何かの巻きずし。ひさしぶりなのですご〜くおいしく感じた。日本食、バンザイ！

なんとなくバラバラと自然にみなさんと別れた。修行終了。

しみじみとこの旅を思い返してみる。

ワールドカップを前のいい席で見られるのかと思って、海外サッカー観戦ツアーに申し込んだら名もなき町内のサッカー大会だった、みたいな驚きがあったものの、それは単によそ者の私がいきなり何も知らずに飛び込んだからだ。軽率といえば軽率。

でも、行きたいと心惹かれた気持ちには理由があったのだと思う。ワイタハ族のこともマヤ民族のこともよくわからないけど、集団で行動した9日間はとても貴重な体験だった。

好き嫌い、いい悪い、合う合わない、という議論は問題外だろう。

あの時に、私が選んだ体験だ。

私たちの参加費にはゲストの招聘費用や先住民の援助費用も含まれている。個人セッションは割のいい臨時収入でもあるだろう。写真もにっこり笑って撮らせてくれる。ワイタハ族も長老も大変そうだった。現実問題というのはいつも、どこにでもある。マヤ女史もそうだろう。ぬらりひょんも生きていかなきゃ（楽しんで）。

そのうえで、自分の役割を果たすためにスピリチュアルなメッセージを真摯《しんし》に伝えようとしている。それは素晴らしいことだ。スピリチュアルも宗教も、所詮は共同幻想のようなもの。仲間内で見る夢なのだと思う。でもそれがいい夢ならいいよね。いいってなに？　という問いも、また限りなく続くけど。


いちばん心に残っているのは、人々の感情かもしれない。

いろいろな人がいて、それぞれの感情があって、それがふわ〜ふわ〜と漏れ出ていた。その漏れ出た感情を私はたくさん吸った。

なぜかどの人にも、他人とは思えない親しみを感じる。おせっかいだったお手伝いの男性（カヤコちゃんと一緒にブツブツこぼした）にも、嫌いだと思った人にも、好きだと思った人にも、苦手だと思った人にも。

表面的な好き嫌いの感情は人の本質じゃない。本質は心のずっと奥にあって好き嫌いに左右されないのだ。

どの人も親せきのよう。二度と会うことがなくても、ずっとこの気持ちは変わらないだろう。とある魂の家族。とある心の仲間たち。

それが不思議なところです。

旅は人生の縮図。確かに、この小さなツアー世界にも曼荼羅《まんだら》のように人間模様が描かれていた。その絵はそこだけにしか咲き得ない花なのだ。

すべてに感謝。

そして、こういう旅はもう二度としないだろう。できないだろう。

琥珀の展示室　琥珀がびっしり！

ニュージーランド

カヌーに乗ってやってきた

名物のマオリハンギ

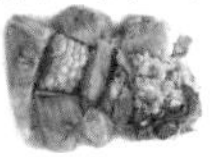

豚肉と野菜の蒸しもの

スイカと
アイスクリーム

マオリ族の祝典
ハカを踊る

角笛吹く人

くるくるっと
腕に巻きつけた

白い服の私たち

波打ちぎわに白い服で佇む人々

マラエの食事

レインガ岬のこんもりした丸い丘

魂を星にかえすセレモニー

龍に見える

好きだった場所
もたいまさこ似の人に撮ってもらう

みんなの洗濯物が
かわいい

素晴らしいと思った
朝陽とみんな

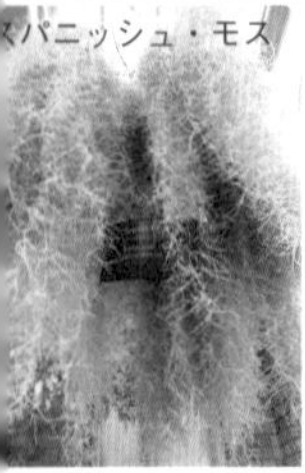
スパニッシュ・モス
大好きな苔

オークランド・ドメインの苔

2匹のクマの笑ってる
横顔みたいな雲

桟橋の苔

ウェディングケーキ

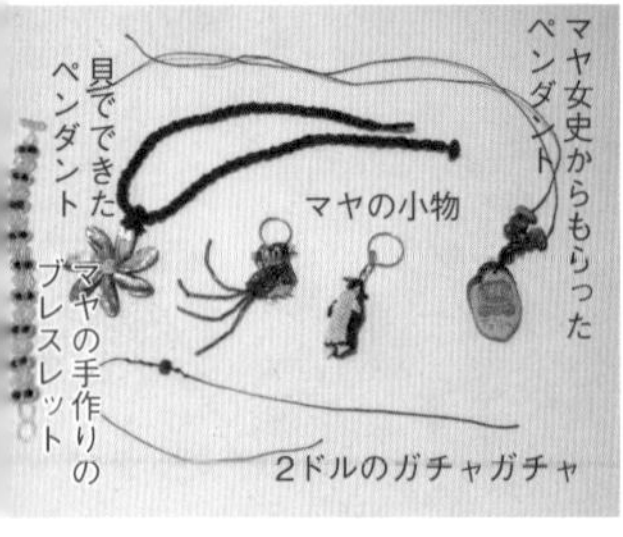

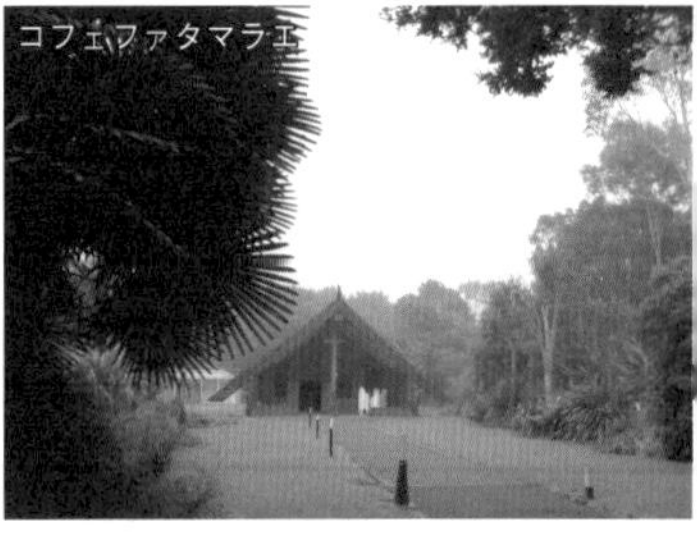
コフェファタマラエ

スリランカ

「仏教美術をめぐる旅」

2016年3月5日〜11日

約33万円

スピリチュアルなツアーはやっぱり合わない、次は秘境だ！と思ったけど、1月にもう次のツアーの予約をしてしまっていた私。それはスリランカの仏教美術をめぐる旅。

秘境専門の旅行会社S旅行のツアー案内をいろいろ見ていたら、3月のこのツアーが目に留まった。仏教にはまったく興味がないのだが、「秘境添乗員カネコさんが同行」と書いてあって、そのお写真を拝見したらとても真面目でやさしそうで信頼できそうな素朴な男性だったので決めた。興味のない仏教のお寺や歴史をカネコさんから学ぶ修学旅行だ。これをきっかけにして興味を持つかもしれない。楽しみ。

私は人生の幸不幸の総量は最終的にはだれもがプラスマイナスゼロになる、と最近は思っている。そのスケールは人によって違うけど。そうじゃないかなと思って、ひとりひとり検証してみても、やはりそう思う。なのであまり他の人がうらやましくなくなった。

話は変わるが、スピリチュアルな世界の人たち同士というのはジャンルが変わるとまったく話が合わない。というのもそれぞれにやってることによって世界の成り立ちが違うから。神さまみたいな存在や、世の中の構成、大事な人やものの呼び名が違うので、あるひとつのことを信じ切ってる人と話すと、一方的に聞かされるだけになる。だからおもしろくないんだなあと思う。

私はスピリチュアルなことは大好きだけど、あまりにも種類が多く、その世界は広大だ。どこかのグループに属せば仲間はできるけど、そこは閉じた世界なので、狭い世界になってしまう。宗教と同じで、入れば仲間、入らなければよそ者。でも組織化された集団になると、どうしてもやがて純粋さを失っていく。だから私はひとりで自分の考えを抱き続けよう。所詮、スピリチュアルの道は孤独なのだ。

ということで今回は修学旅行へレッツゴー。

2016年3月5日（土）1日目

早朝、成田エクスプレスで空港へ。

前回までは乗り場が近かったのでホテルのリムジンバスを使っていたけど、他のホテルも回るので時間がかかりすぎることがわかり、やめた。

9時15分にスリランカ航空のカウンター前で待ち合わせ。カネコさんがいた。資料をもらって各自でチェックインの手続きを済ませ、ふたたび集合して、そこで今回の参加者の方々と顔合わせをした。私を入れて全部で8名。少人数でよかった。初めての人ばかりでまだ顔もよく見れない。

出発まで休憩していたラウンジでカレーを少し食べた。

11時15分、スリランカのコロンボへ直行便で出発。所要時間約10時間。機内食のカレーをおいしく食べ、夕方の6時頃到着した。

まず空港の銀行でみなさんと共に両替を少々しとく。2万円分。それから現地ガイドのマンジュラさんと挨拶。外は蒸し暑く、南国に来た、と思った。

バスで近くの「タマリンド・ツリーホテル」へ移動する。

平屋の素朴なロビーで人も少ない。ウェルカムのタマリンドジュースをいただく。おいしい。

部屋は離れ形式だった。芝生の庭を荷物を引いて歩く。ひとり部屋を希望したので、離れにひとり。部屋は古く、シャワールームが広い。豪華っていうのじゃないけどゆったりしてて、ひとりではちょっと心細いほどだった。

壁には象の絵。

夕食にレストランに集まる。まずは軽く自己紹介。おじいさんとおばあさんばかり。やはり仏教美術だからだろうか。あ、ひとりおじさんもいた。カネコさんの常連という方もいる。全員、ひとり参加だった。どなたも旅慣れてる感じがする。落ち着いていていいわ。

バイキングの料理を取りに行く。

洋食もスリランカのカレーも何種類もあって、私はカレーが好きなのでうれしかった。今日は朝ごはんに家でカレー、出発前にラウンジでカレー、昼は機内でカレー、夜もカレーと、4食カレーだったけど、それぞれに違うカレーだったので飽きることはなかった。

カネコさんの話では、スリランカのカレーは多くがココナッツベースなのだそう。私はココナッツが大好きなので口に合いそう。香辛料がたくさん入っていて、すぐに汗が噴き出す。とても体にいい気がする。

広いシャワーをどうにか使い終え、疲れた体をベッドに横たえて、雑誌を読んで、落ち着いたのか落ち着かないのかわからないような気持ちで就寝。

3月6日（日）2日目

さあ、今日から観光開始だ！

その前に朝食。朝も洋食と共に、カレーやスリランカ料理が並ぶ。果物。豆や野菜のカレー。おいしい。ふわっとした蒸しパンみたいなの（ピット）があったので、気になってちょっと味見する。隣に座ったおばあさんと食べながら話す。おもしろかった。秘境好きの先輩だ。

庭のあちこちにジャックフルーツの木があって実がたくさんなっていた。この緑色の実ったらなんて南国っぽいのだろう。

バスが出発した。カネコさんは仏教の修行を長いことされているのだそう。そのせいか、おだやかであたたかい雰囲気だ。

短く自己紹介をしてくれた。高校の時は不登校児で、永平寺のお坊さんと座禅を組んで改心する。アメリカ留学してキリスト教原理主義の家庭にホームステイ、カイロ大学でイスラム教に触れ、日本で真言宗の修行。今も修行中なのだとか。ガイドのマンジュラさんも真面目そうな方で、熱心に説明をしてくれる。

仏教についての真面目な話が続く。仏教伝来の歴史、大乗仏教、上座部仏教……。みなさんメモを片手に熱心に聞いている。

でも私は今回、ガイドさんの話にいちいちうなずいたり、目を見て聞かないことにする。ガイドさんの話を一生けんめいに聞くふりをしない。

なぜなら一度そうしてしまうと、ずっとそうしなければならなくなるから。聞きたかったら聞く、外の景色を見たかったら見る、写真を撮りたかったら撮る、聞きたくなかったら聞かない、いたくなかったら去る、というふうに、今回は、「気をつかわず、したい態度をとる」というふうにしたい。聞きたいことはしっかりと聞きながら。

外の風景を私はとても興味深く眺めていた。

小さな町のお店、川で遊ぶ人々、沼地に満開のホテイアオイみたいな水色の花、Tシャツ屋さん、素焼きの陶器売り、竹を支えにしている工事中の現場、バナナの屋台、日焼け止め売りの露店、湖の中に生えてる木。どれもこれも珍しく。

その中で、最も心惹かれた景色があった。ここで止まって！　と思わず叫びたかったほど。

それはどこかのお寺だろうか、一瞬で通り過ぎたのでうろ覚えだけど、胸に赤と黄色のハートを抱えた仏像が縦横に何列も並んでいてすごくかわいかった。

まず最初に連れていってくれたのは、スリランカで最初の５００人の僧侶が住んだと言われているウェッサ・ギリヤという岩山と僧院跡だった。

大きな大きな岩山。降ってくる雨が横に流れるように岩の上部に溝が彫ってあったり、刃物を研いだ時にできたというくぼみもたくさん残っていた。

気持ちよく風に吹かれて、その一帯を散歩する。刻みのつけられた大きな岩がたくさんあった。

次に、スリランカ最古の都があったアヌラーダプラへ。

イスルムニヤ精舎という仏教寺院を見学。

暑い。スリランカの寺院では靴を脱がなければいけない。みなさん裸足で歩いているけど私たちには熱すぎるので、捨ててもいい靴下を持ってきてくださいと言われていた。靴を脱いで、持参した子どもの捨ててもいい靴下にはき替える。

お寺を見て、他の部屋に安置された仏像も見る。たくさんいろいろな仏像があった。私は仏像の前に人々が置く花が大好き。お寺の中ではこの捧げられた花のところがいちばん好きかも。

それから大きな自然石の上にある仏塔を見に行く。そこに登る時、白い服を着たたくさんの人々と一緒になり、狭い階段のところでぎゅうぎゅう詰めになった。でもだれもイライラしたり怒ったりする人はいなかった。そして目が合うとだれもがそっと微笑んでくれた。その時、この国の人々の純粋さが伝わってきた。スリランカの人々はすれてない。スリランカは情勢が不安定で、観光客が訪れることができない期間が長く続いていた。そのせいかもしれない。

寺院を出て、蓮の葉の浮いた池のほとりの道をバスへと歩いていたら、手に持っていたデジカメが手からするりと滑り落ちた！

きゃあ～。

ガツンと音がして、部品が飛んだ。あわてて拾ってバスに乗り込んでよく見る。下の角のところがぶつかって破損して、バッテリーの蓋が壊れてる。さっき拾った部品を組み込んだけど部品がひとつ足りない。開け閉めするスイッチが。でもカメラは作動するようなので、開ける時はボールペンの先で押して開けることにする。ショック。


昼食へ向かう。バスの中で仏の教えをひとつ教えてもらった。

「自分に与えられたものでないものを受け取ってはいけない」

日本語では「盗んではいけない」と訳されることが多いそうだが、こっちの方が腑に落ちる。いい言葉だ。この言葉をよく理解するならば、不必要な嫉妬や妬みで苦しむことはないだろう。


2時から、お昼。

カレー各種。何種類ものカレーを大皿から取り分けて食べる。隣に座ったおばあさんにインドの高地へ巡礼に行った話を聞く。4500メートルのところで高山病でダウンなさったそう。

午後は、お釈迦さまが悟りを開いたという菩提樹があるお寺へ。スリー・マハー菩提樹。菩提樹は大きな木だった。その一部のお釈迦さまが悟られたという原木部分が金色のつっかい棒で下からしっかりと支えられていた。折れたら大変だからね。私はすかさず落ちていた葉っぱを4枚ほど拾う。原木部分から落ちた葉かどうかはわからないけど。

ここにもたくさんのお花が捧げられていて、みんながお祈りしていた。同じツアーのおばあさんが手首に白い紐を巻かれて、額の真ん中に白い印をつけられている。それはどうしたんですか？　と聞いたら、お布施をしたらやってくれたと言うので、私も戻ってお布施をしに行く。80ルピー（65円）した。腕に紐、額に白い点をつけてもらって満足。

敷地内のあちこちに仏像がある。カネコさんは菩提樹を見て、「思いがけず涙が流れそうになりました」とあとで言っていた。

そこからルワンウェリサーヤ大塔へ歩いていく。まわりでは牛がのんびりと草を食《は》んでいた。木の下でくつろぐ人もいる。

さっき、道をとんでもなく長い赤い布を掲げて歩く巡礼団がいた。何十メートルもの長さだった。「サーブ、サーブ」とかって神さまの名を唱えながら。それはこの大塔に奉納するものだった。白い塔のまわりに巻きつけているのが見える。ここはアヌラーダプラ3大仏塔のひとつの巨大な白亜の塔。お椀を伏せたような形。その伏せたお椀の縁のところに赤い布を巻いていくのも見た。

いろんなところに象の像があった。象が大切にされているみたいだった。また靴を脱いで、持参したボロ靴下にはき替えて見学する。この白い伏せたお椀の中に入れるのかと思ったら違った。外から見上げる。

外国人の観光客がいない。たくさんの人がいるけどみんなスリランカ人で、ちょっと不思議だった。そして妙に落ち着いた。

外に出ると、花を売る出店があった。きれい。

屋台でキング・ココナッツという小ぶりでオレンジ色のココナッツを売っていたのでカネコさんが買って飲ませてくれた。私はココナッツジュースが大好き。

次に、アバヤギリ僧院のムーンストーンを見る。7～8世紀に作製されたスリランカのムーンストーンの最高傑作だという。石でできた玄関マットのような半月の形の彫り物だ。信徒は裸足でこの上に乗って、足を清め、心を静めたそう。

清浄の象徴の蓮の花と苦しみを表す4種の動物や、つる草、炎が描かれている。泥があるから、花が咲く。人間世界のドロドロがあるから悟りがある、とのこと。

説明を聞きながら、ふーん、これがねえ～、とぼんやり眺める。スリランカ人がたくさん見に来てる。

アバヤギリ大塔という大きな仏塔も見て、バスへと向かう。出口のところに土産物屋が並んでいた。小さなアクセサリーや置物など。そういうのはあまり見ないようにしていたけど、人も少なかったので何となくふらりと、ぶらさがってる象のペンダントを見ていたら、お店の人が寄ってきた。いくらいくらだと言う。そしてまけてやると言う。いいですと断って先に進んで、他のお店を見ていたら、追いかけてきた。いらないと言ってバスに乗り込んだら、窓の外からまだ言ってる。いらないと首を振って断った。

が、その象のペンダント。最初12ドルと言ってたのが、安くなって5ドル、そして最後の最後には500ルピーになっていた。400円ぐらいか……。

今思うと買ってもよかった。買えばよかった。ああいうのはホントに不思議で、買え買えと言われると、絶対に買わない！　と意地を張ってしまうところがある。買ったら負け、みたいに思って。

次に行ったところは、もう夕方だった。ジェータワナ・ラーマヤというスリランカで最も高い仏塔。レンガ造りで、茶色に見える。人もいなくて、素敵。サルしかいない。

サルと夕陽と仏塔だ。

すがすがしくて気持ちいい。

みんな、また靴を脱いで見に行った。私はもう靴を脱ぐのが面倒なので、ひとり、反対側に歩いていき、サルを見に行く。でもサルもどんどん遠くに行ってしまった。しょうがないので引き返し、仏塔に近づく。

夕方で、とても気持ちがいい。

さわやか。

大好きな時間。夕方のあの空気。

これだったらサルなんか追いかけずに最初からこの仏塔を回ればよかった。みなさんがゆらゆらと歩いている姿が遠くに見える。しまった！　と後悔するも、遅い。

ゆらゆらとした夕方の空気の中でみなさんを待つか。でもまだ間に合うかも。私も靴を脱いで靴下で上にあがった。一周はできなかったけど気持ちよさは味わえた。

バスに乗って進んでいたら頭上に花を掲げた人々が長い列を作っていた。これも何か仏様を祀っているのだろうか。

今日のホテルに到着。6時半にチェックイン。

部屋に入ったら、なんだか排水口の臭いがする。とりあえずユーカリオイルをスプレーしとく。

ロビーに行ったら、結婚式が行われる様子。紫色やピンクの妖艶《ようえん》な色のドレスを着た出迎えの女性たちがいる。そこへ新郎新婦がやってきた。踊りながら出迎え、踊りながら奥へと導く。壁も床も真っ白い中、まるで空中を飛んでいるようだった。

私たちの夕食の会場も真っ白で、食べ物が床から浮かんでいるように見えた。ほとんどどこもホテルの食事はバイキング形式だ。いろいろな料理が並び、野菜の前菜やカレー、珍しいもの、デザート、果物など、好きな量だけ取って食べられるのでとてもいい。今日は素焼きのポットに入ったスリランカのカレーやスパイシーでおいしい味の炒め物があった。

夜はまだ臭いが気になったのでマスクをして眠る。

3月7日（月）3日目

5時半に目が覚める。日本だと9時だ。朝寝坊したと思ってもまだ早朝。いいね。

スッキリとした気分で朝の散歩に出る。

ホテルのまわりを歩く。田舎だ。見るところはあまりなかった。池のようなところに出たら、同じツアーのおばあさんがいたので二言三言話す。朝食にもいつも何かのカレーがあるので、迷わずそれを食べる。

出発の時、ホテル前の木陰にコブラ使いがサルといた。みんなで見学することにする。サルがバナナをもらってる。コブラ使いが笛を吹くと、3つのカゴからそれぞれにコブラが頭をあげた。頭の模様が笑った顔に見える。

次に、希望者はニシキヘビと一緒に写真を撮ってくれるというので撮ってもらった。ニシキヘビはかなりの重さで肩にずっしりと感じた。コブラ使いがニシキヘビを首に巻いた私の肩にサルも乗せた。サルに「カメラの方を向きなさい向きなさい」と指示してる。他にも何人かがニシキヘビを巻いた。最後にカネコさんがお礼を言ってお金を渡してた。

今日はまずミヒンタレーというところへ行くそう。私は先入観を入れないためにガイドブックも買ってこなかったのでどこに何があるのかさっぱりわからない。

またバスに乗った。

18人乗りぐらいの小ぶりのバスで、毎日座る場所を変え、左右均等になるようにみんなで気を配る。移動中はカネコさんとマンジュラさんが交互に仏教の講義をしてくださるので、私は聞きながら外の景色を興味深く眺める。ミヒンタレーはスリランカ北部の都市アヌラーダプラ近郊にある山。最初の仏教伝来の地と言われ、たくさんの仏塔があり人気らしい。

まず僧侶たちの食堂跡を見た。何百人用なのか、巨大な石のおひつとカレー入れ。大きな石にはスリランカ最古の文字。

長い石段を上って、また靴を脱いでボロ靴下に替える。山の上に仏像や仏塔があった。中でも「ここでいちばん大事なのはここです」と言われたのが巨大な岩山。最初に仏さまが降り立った岩なのだそう。インビテーション・ロック。その上まで登るのだという。岩肌をたくさんの人が登っているのが小さく見える。おばあさんのひとりが、私はちょっと登るのは体力的に心配だから下で待ってますと言った。


その岩を今、登ってるとこ。

岩肌を削って作られた階段なので、とても狭くてすべりやすく、急だ。登る人、下りる人、みんなお互いに譲り合って、忍耐強く待って、時間をかけて登る。

目の不自由な一団がいて、その方たちもこの岩に登ることをとても大切に思っているようだった。手でロープや岩肌を触りながら慎重に進んでいく。まわりの人たちも見守っている。

そこへカメラマンらしき人が割り込んできて急ごうとした。自分のことしか考えてないみたいでとても嫌だった。

すれ違うスリランカの人たちは、目が合うと必ずにっこりしてくれる。しかもその笑顔に嘘がない。嘘がないと感じるということは嘘のある笑顔を知っているということか。そのことも思った。

やっと岩の上にたどり着いた。危険なほど風が強い。でも景色がきれい。涼しくて、見晴らしがいい。平野のずっと彼方まで緑が広がり、遠くの方はかすんでいる。

ヒャッホー。

次に同じ敷地内にある仏さまの髪の毛が祀られているというマハー・サーヤ仏塔へ。ゆっくりと歩いて回る。また捧げられた花がある。仏塔のすその見晴らしのいい広い場所に寝ころんでいる家族がいて、とても気持ちよさそうだった。

また階段を下りて帰る。途中、サルが森の中の斜めになっている木に腰かけて何かを食べていた。フンフンフン……と鼻歌でも歌ってるみたいにのんびりと楽しそうだった。

それにしてもこのツアーの先輩女性たちは、だれも男性にへつらわないのが気持ちいい。男性たちはひょうひょうと自分の興味のあることを追求している。人間もここまで年老いて恋の罠から自由になると（?）気楽でいいね。どんどんいろんなものから解放される。人生の最後に残るのが下品なエゴか、上品なエゴか。できれば最後の最後まで高みを目指していたい。

町のレストランでお昼。貸し切りだった。いつものようにたくさん並んだ料理の中から好きなものを皿に取る。カレーがあれば私は満足。気になるものをちょっとだけ取って、好きだったらお代わりをする。量も調節できて嫌いなものを無理に食べる必要がないので旅ではこれがいちばんありがたい。最後に果物を少し。

午後はまた移動して、古代都市ポロンナルワへ。

移動中のバスの中ではまた講義。修行とは何をするのか。なんかいろいろ言ってた。あと、仏教の目的は、知恵と慈悲を広め、悟りに至ることとかなんとか。みんな聞いてたり、寝てたり、外の景色を眺めたりしている。

博物館や宮殿跡、仏堂、仏像などが広い土地にたくさんあって、歩いて見学する。

暑い。

ここにも熱心なお土産売りがいて、象の置物、大・中・小・極小の4個セットを700ルピーで買ってる方がいた。お土産にするんだって。

遺跡群にはあまり興味がないけど、修学旅行の気持ちでトコトコとついて回る。木が多くて、暑いけど雰囲気がいい。見どころが多く、好きな人は楽しいかもしれない。

ボロボロになってる12世紀の宮殿跡、7階建てで今は3階までしかない。石の柱が立ち並ぶ閣議場、円筒形の仏塔、蛇王の守護神像、首のない巨大仏、高僧の仏塔など。

私がいちばん興味を惹かれたのは、枝にサルがたくさん座っていた木。まるでサルのなる木だ。

池にはさまれた道を進み、最後に見学したのはガルービハーラという石窟寺院。露岩から彫り出した全長14メートルの涅槃《ねはん》像など、4体の巨大な仏像があった。ひとつの大きな岩を彫って作られているので岩の模様がそのまま仏像の顔を横切ってたりしてるところがよかった。私の石コレクションを彷彿《ほうふつ》させる。

仏像の前に広い石の土台があって、人々がそこから全体像を眺めたり、むっちりとした子どもがうまい具合に段々に腰かけて休んだりしていた。私もしばらく休む。

この仏像は好きだった。

いくらかお布施をすると記念の紙をもらえるというので、もらった。涅槃仏の足の裏の写真がのってる紙だった。左右の足の指が前後にずれていると死んでいる像だそうで、これはずれているので死んだ像なんだ。

座ってる像は「どこ吹く風〜」という顔で、立ってる像は憂い顔で、横になってる像はクールな顔だった。


これからホテルへ移動。途中の休憩所でジンジャークッキーを買ってカネコさんがみんなに回してくれた。私はココナッツクッキーを買った。

アーユルベーダを体験されたい方がいましたらお連れします、と言うので、私はサッと手を挙げる。以前からやってみたいと思っていたのでうれしい。

男1人、女2人が希望した。

途中の道でバスから降ろされる。他の方はホテルへ。

カネコさんと4人で林の中の細い道を進む。

やがて木に囲まれた小屋が点在する場所に着いた。真ん中の小屋でお医者さんの質問に答え、脈をとられる。特に問題なし。30種類のハーブのマッサージ1時間、シロダーラ30分、サウナ15分の2時間コース。料金は日本円でも支払えて、11000円。日本円だって。観光っぽいところなのかな。

おばあさんが呼びに来て、もうひとりの女性の方とあとをついていく。木の生えた林の中に小屋が点在している。どれも黒っぽくて古い。

うす暗い部屋の中にふたりで入れられ、身振り手振りで服を脱ぐよう指示される。タオルを体にピチリと巻きつけて待つ。ふたりの女性が来て、私たちは椅子に座らされ、座ったままままずは頭と肩をマッサージされる。

体験することに意識が向いて気持ちいいとかは特に感じなかった。次に、寝台に寝て体の後ろ側と前側をマッサージ。これも特に気持ちいいとも思わずにじっとただ受ける。

次に、仰向けに寝て額に油を垂らすシロダーラ。これをずっと体験してみたかったのだ。気絶するほど気持ちいいとか、魂が抜けるとかいう噂だったので。

目の上に布みたいなのをかぶせられたので観察することはできなかったけど、額の真ん中に油が垂れてきた。あたたかい。そしてその油が思った以上に細かく左右にぶるぶる動いていたのがいちばんの発見だった。

いつのまにか眠っていた。が、特に何とも思わなかった。

すべて終わって、暗くなった庭を、小さな高齢のおばあさんにそっと手を引かれて蒸し風呂小屋まで歩いた。この時の感じが、いちばんよかった。

タオルを巻いた裸の私が見知らぬ異国のおばあさんに手を引かれて行く。どこへ行くとも知れず、言葉も通じず、ただ黙々と暗い道を、木のあいだの道を、素直についていく……。エキゾチックに、神秘的に……。

と思っていたら、すぐに蒸し風呂に着いた。もうひとりの女性とそこへ入る。

蒸し風呂の床には青々とした葉っぱが一面に敷かれていた。それもよかった。虫にでもなった気持ち。

「どうでしたか？」ともうひとりの方とポツポツ語り合う。15分が過ぎて、それも終わった。

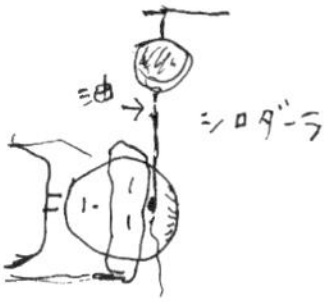

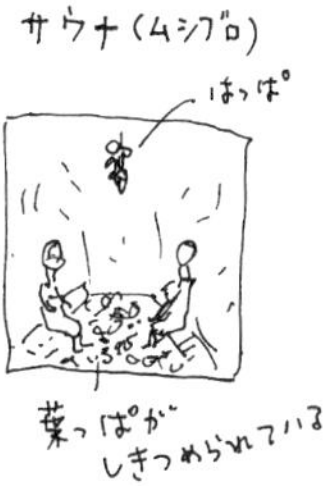

最後にシャワーを浴びて着替えるのだが、シャワー室も暗くて古くて、足元が水浸しで着

替えにくかった。マンジュラさんが迎えに来てくれて、ホテルへと向かう。ふう。

今日泊まる「ホテル・シギリヤ」は欧米人の観光客がいっぱいで、昨日と違ってリゾートっぽい。プールもある。気持ちが浮き立った。

お部屋もきれいだった。レストランに行って遅めの夕食を食べる。セミオープンのうす暗くて感じのいいレストラン。外国っぽく、大人っぽい。品数も多い。いつものようにオードブル、大好きなカレー数種類とごはん、果物を少々、暗い中で食べる。

3月8日（火）4日目

いろいろ夢を見たので、目が覚めた時、疲れていた。

そしてなぜか、「自分がとろうと思う行動をとろう。聞きたくなかったら聞かない。話したかったら話す。本来の自分に戻る。子どもの頃のような、パッパッと好きなことを気分のままにしていく自分に」と思っていた。

6時半、朝食。カレーなどちょっとずつ。果物とホットケーキも食べる。ホテルのプールサイドからシギリヤ・ロックがきれいに見えた。

7時半に出発。このホテルの売店を見たかったなあ。宝石があったのに。さすがスリランカ、宝石の産出国。買わないとしてもゆっくり見てみたかったところ。

シギリヤ・ロックへ。途中、よく見える場所で記念撮影。

シギリヤ・ロックというのは、高さ180メートルの大きな岩のかたまり。頂上に宮殿の跡があるのだそう。父王を殺して即位したカッサパ王のわずか十数年だけの都。岩壁に描かれた色鮮やかなシギリヤ・レディと呼ばれる女性像で有名。

そこに登るのだという。

睡蓮の花咲く池や水路、沐浴《もくよく》場などを横に見ながら、だんだんと上に登っていく。シギリヤ・レディを見るには人の連なるらせん階段でくるくる登る。

あったあった。壁面に女性たちの絵。見たけど特になんとも。今は写真撮影は禁止されているのだそう。たいへんに貴重なものなので守るためにね。うんうん。でしょうね。

またらせん階段を下りて、鏡のようにつるつるしたミラー・ウォールという壁を見ながら進む。そこには昔の言葉（シンハラ文字）で詩が刻まれている。

ちょっと広いところに出て、またそこからライオンの像の両足のあいだに入り、岩肌をどんどん登っていく。

頂上に到着。全部で1時間ぐらいかかったかも。見晴らしがよく、お天気もよくて気持ちがいい。広々としている。人々が思い思いに腰かけたり、景色を眺めたり、歩いたりしている。ここは仲のいい友だちとお弁当を持ってきて3時間ぐらいゆっくりしたらよさそう。私は修学旅行なので黙々と観察。

ここで私が好きだったのは、風に吹かれる若い1本の木と、石の塀に腰かけて遠くを眺める女性ふたり。いい感じ。私もあんなふうに友だちと来てゆっくりしたいなあ。いつかできたらまた来たい。そしてあんなふうに腰かけて、おしゃべりをしたい、と思ったよ。

時間が来て、下山。麓にある石を掘って作られた謁見の間を見て、お土産物屋さんを横目に見て進む。刺繍の絵が太陽の光にギラギラと光っていた。

40分ほど移動して、ダンブッラ石窟へ。岩の中に5つの部屋がある。

その中には、巨大な横たわる涅槃像やたくさんの仏像や壁画、天井画があった。かわいいもの、素朴なもの、念のいったもの、華々しいもの、小さくておびただしいものなどが、あまりにもたくさんあったので脳みそが飽和状態になってしまい、途中から心に入ってこなかった。

紫色の睡蓮の花を1本ずつカネコさんがくれて、それを最初の寝ている大きな仏像にお供えできたのはうれしかった。お供えされている花が好きだから。睡蓮の茎が横たわって長くびょ〜んとなってるのも好き。

洞窟から出ると暑い。サルもまたいた。

お昼ごはんのレストランへ移動。バスの中でひとりのおじいさんから古代インド・ヨーロッパ言語の起源に関する質問がなされていた。

そして着いたのは開放的で明るい林の中のレストラン。団体観光客専用っぽい。食事はいつものようにバイキングなので慣れた感じで気楽に食べられる。ここでおいしかったのはフレッシュパイナップルジュース。だれかが注文したのを見たら出来たてで泡がふわっと立っててパイナップルがコップのふちにさしてある。すぐにこれはおいしそうだと思って私も注文した。

このあいだからひとりのおばあさんが1枚のパンフレットを手に持って、このアロエクリームを買ってきてってお友だちに頼まれたんだけど、とさかんに話していた。それをガイドのマンジュラさんに言ったら、今日のランチのレストランのすぐ前にアーユルベーダの薬草園と売店があるので、予定外ですけどみなさんが希望されるなら、食後に行きましょうかという話になった。私は行ってみたかったのでうれしい。おじいさんたちは特に行きたそうな様子はなかった。他のおばあさんはどちらでもいい、という感じだった。

食後、すぐ目の前の薬草園へ入る。

あのおばあさんが言ってたのは、あのパンフレットのメーカーのクリームだったのだが、そのお店はそのメーカーではなかった。私もうすうす違うんじゃないかなと思ってたんだけど、あんまりあっさりあるって言うから。おばあさんも気づいて困惑している。同じアロエクリームでも、他のじゃなくてそこのクリームがサラッとしていてよかったのだから、もしあったらそれを買ってきてということなのだ。他のものだったら意味がない。「これが、これが」って何度もおっしゃってたんだけどなあ。

まあでも、店の方が薬草園をガイドしてくださるそうなのでみんなでぞろぞろついていく。

スパイス・ガーデン。

バニラやカカオの実、カルダモン、パンノキなどの説明を聞く。一応熱心にメモを取るみなさん。最後に、肌を白くするというクリームの実演をするのでどうぞと言われて小屋の中へ。いかにもセールスという感じの、これから売りつけられる流れだ。

このS旅行社はツアーによくあるお土産物店には連れていかないというのが決まりになっ

ている。秘境好きたちが集まる硬派の旅行会社だからだ。なのでカネコさんもみなさんが希望されるならと前もって確認をしていた。

あのお願いしたおばあさんは、ここは違うと知ってしまったので、みなさんに申し訳ないというふうに入りたくなさそうにグズグズしていた。私は商売の匂いを感じたけど、好奇心で別に話を聞いてもいいかなと思った。

半円になって説明を聞き、肌を白くするクリームをどなたかで実演しますと言う。だれも

希望しなかったので、なんとなく私になってしまった。

するとスリランカ人のおじさんが白いクリームをたっぷり手に取って私の顔にたっぷり塗りつけ、下からブルブルブルブルとマッサージしながら塗り込んでいく。そのブルブルの力がすごく強く、顔の皮ふが大きく揺さぶられ顔が変わるほどだった。

終わって、クリームを拭きとられる。


出口のところに売店があり、希望者はそこで購入する。

私は中に入っていろいろ見た。そして粉の歯磨き粉、さっきのアロエクリーム、サンダルウッドオイル、シナモン、ブラックペッパーを買う。他の方も何人か買っていた。あのおばあさんは買わずに憮然《ぶぜん》としていた。


アロエクリームとサンダルウッドオイルを手の上で混ぜ合わせて顔をマッサージして使うらしい。家に帰ってからしばらく使ったけど、サンダルウッドの匂いが強すぎた。アロエクリームもふわっとしていて大量でなかなかなくならなかった。効果があったとは思えない。でもシナモンやクローブなどいろいろな香辛料の入った粉の歯磨き粉はとてもナチュラルでさっぱりして気持ちよかった。

バスに乗ると、みなさんが私の顔を見て「白くなった白くなった！」と口々に言う。私も鏡を見てそう思った。なぜだろう？　何かあの強烈なブルブルマッサージに秘密があるのか？　とても不思議だった。

バスはキャンディへと移動する。キャンディは最もスリランカらしい町と言われていて、聖なる仏の歯を祀る仏歯寺がある。

途中、カネコさんが「これから仏歯寺に行きまして、そのあとキャンディアンダンスを鑑賞します。それからホテルへ向かいますが、ちょうどその時間に仏歯寺でプージャという礼拝があります。見に行きたい方いらっしゃいますか？　いらっしゃいましたらお連れします」と言う。私はよくわからず、とりあえず行きたい方に手を挙げた。行かないという方がふたりいた。ひとりは前に見たからいいと言うおじいさん。

1日3回あるというその礼拝時、仏歯が納められている小部屋の扉が開いて、金でできた仏歯の入れ物を見ることができるのだそう。それが何か？　と私にはその時はピンとこなかった。

2時間ほどで仏歯寺に到着。

前の広場には9歳の勇敢な少年の像があった。キャンディ国最後の王に反逆した大臣の息子で、捕らえられ処刑される際、恐れる兄に「お兄さま、恐れることはありません。私がどのように死に直面すべきかお見せいたしましょう」と言って果敢に前に進み出て、「一撃でお願いします」と依頼したという。その勇気が讃えられ、スリランカの英雄となっている。

まさにその進み出るところだろうか。かわいらしい子どもの像だった。

不思議な花と実がたくさんなっている木があった。西アフリカ原産の大きなアフリカン・チェリーの花も満開だ。かわいらしい少女がお寺の前で記念写真を撮っていて、思わず私も撮らせてもらった。

靴を脱いで、お寺に入る。

お祭りの時に仏歯をのせる象が通れるように高くアーチ型になっているという入り口を通る。祭壇や仏像を囲むように大きな象牙がたくさん飾られていた。

全体的に白と金色でとてもきれい。本堂の壁にはぐるりと仏さまの一生を描いた絵がかけられていた。そしてツルツルした白い仏像の口元がどれもにんまりと笑っていたのが特に印象的だった。ここの仏像はどれもにんまりしている。お供えのお花もかわいらしい。

2階へ上ると、ちょっとうす暗くて、金色の扉の閉まった小部屋があって、そこにもお花がたくさん捧げられていた。ここに仏歯が納められた金の入れ物があるのだそう。ふむ。

そこから観光シアターまで池のほとりを歩いて移動する。湖面にアフリカン・チェリーの花が浮かんでる。なんだかとてもきれい。

シアターにはたくさんの欧米人観光客がいた。いちばん前の席に座って待つ。

キャンディアンダンスが始まった。約1時間のいろいろなダンス。私はダンスにはあまり興味がないので時々退屈だったが、時々はよかった。衣装も楽しめた。

最後に、舞台の下のスペースに火渡りの装置が置かれた。

人々が寄ってきて四方を取り囲む。

目の前で始まったのは、火を噴く芸、火渡りの芸。本当に、燃えさかる炎の上を男の子が歩いてる。火渡りは、「神々の加護を真剣に祈ることで初めて火傷《やけど》をせずにできる」のだそう。

終わって、とても疲れたので私はもう人ごみに入りたくないと思い、「仏歯寺には行かずにホテルに行きます」とカネコさんに伝える。私たち3人はカネコさんとホテルへ向かい、他の5人はマンジュラさんと仏歯寺のプージャへ。

ホテルは思ったよりも遠かった。

それは斜面にある古い、ひとけのないホテルだった。暗くて全体像がよくわからなかったけど。部屋に入ると外のベランダにだれかがいて工事中なのかとてもうるさい。なのでカーテンも開けられなかった。トイレの使い方もわからず、犬の遠吠えもうるさい。

3人で先に夕食を食べる。一見、豪華に見える。食堂の照明がすごかった。オードブルは緑色の照明。デザートは赤。

カネコさんはふたたび5人を迎えに行った。

前にプージャを見たというおじいさんが、「ぎゅうぎゅう詰めで、見えたとしても遠くからチラッとしか見えないよ」と言う。

そうか。私はそんなに興味もないし、自分らしく過ごそう。別に見たくないもん。

そこへ5人が帰ってきた。なんだか全員、顔がキラキラとすごく輝いてる。

「素晴らしかったわ」

なんと運よく、目の前、いちばん真ん前で金の入れ物を見ることができたのだそう。

「あまりの美しさに呆然としてしまったわ」

「扉の中は金で、すごかった。行ったらよかったのに」

「行けばよかったのに、よかったのに」とおばあさん方が口々に言う。

ええっ！

ショック……。

みなさんの感想を聞けば聞くほど、急にもったいない気がしてきた。ここまで来てどうして行かなかったのだろう。

たくさんのスリランカの人々が真剣にお参りする姿は神聖で、宝石がちりばめられた黄金の入れ物は神々しく光り、うす暗がりに燦然《さんぜん》と輝いて目がくらむほどだったと言う。

そうだろう。

そんな敬虔《けいけん》な場所だもの。何よりもそのお祈りする人々の心が美しいはずだから、その場面一帯はどんなにか清らかだったろう。

とてもうらやましく、想像すればするほど悔しさがつのる。キーッ。

悲しく、部屋へ戻る。

じっくりとこの悔しさについて考えた。

私は元々、仏さまには興味がない。もしあったら迷うことなく絶対に行っただろう。なので教訓。今後は、本当に好きなところに行く。興味のないところへ行ったらダメ。そしてもし、何かの縁で興味のないツアーに参加してしまったら、郷に入っては郷に従えで、そこに入り込む。迷わずにみんなが行くところに一緒に行く。中途半端に自分を主張しない。よし。そうしよう。

お風呂。初めてバスタブがあったのでお湯をためていたら、途中まではお湯が出たけど途中から出なくなった。たまったぬるいお湯でどうにか済ます。

ベッドの角で足をしたたかぶつけた。

10時半、就寝。

3月9日（水）　5日目

4時半に犬の遠吠えで目が覚める。

旅行についてまた考えた。

秘境ツアーも3回ぐらい行ったら満足してもういいと思いそう。秘境が私の目的じゃないな。

私の求める旅とは……、おだやかな空気と景色。有名な観光地ではなく、人の少ない、居心地のいいホテルと季節。

でもそこにひとりでは行きたくない。楽しいおしゃべりとおいしい食事を楽しめるだれかと行きたい。すると、旅に必要なものでいちばん調達するのが困難なのは「旅仲間」なのかもしれない。

明るくなって、カーテンをそっと開けてベランダを見たら、大工事中だったわ。

6時半に朝食。昨夜はお湯が出なかったとみんなが言ってた。私は最初だけは出たからいい方だったのかも。

昨日のプージャの話を詳しく聞いた。

金の扉が開いて、中に宝石が埋め込まれた金色に輝く大きな入れ物があって、それはそれは美しかったそう。お参りに来ている人たちはみんな白い服を着て、その前を歩きながら心から祈っていて、それもまた素晴らしかった、素晴らしいものを見た、って。

マンジュラさんまで「この旅で見たいちばんきれいなものだったかもしれない」とまで言う。カネコさんも見たかったと思うが、そこはプロ。うらやましそうなことはひとことも言わなかったし、そういう表情もしなかった。

私はまたうらやましくなったけど本来、興味はないはず。今、ここにみんなと一緒にいて価値観を近づけているから悔しいのだろう。

カネコさんがこう言っていた。「仏歯寺に近づいた時から、生きている何かを感じました。人々が高揚していて、しあわせな喜びのエネルギーを感じました」

私は何も。

8時半にホテルを出発する。

今日はまずスリランカの子どもたちに大人気だというピンナウェラの象の孤児園へ行く。最初3頭から始まり、今は88頭ぐらいいて、生育した象は寺院や象使いのもとに引き取られていくのだそう。

象は水浴びが大好きらしい。食事よりも好きで、「1日エサがないよりも、1日水浴びができないことの方が嫌なんです」とマンジュラさん。

子象に哺乳瓶でミルクをあげるところを見学してから、広いところへ出た。アフリカン・チェリーの咲くピンク色の木の下にもたくさんの象がいた。スイカやバナナを食べさせる体験をして、マンジュラさんおすすめの写真スポットへ向かう。

もうすぐ象たちが集団で近くの川に水浴びに行く時間で、カーブした道の奥からズンズン歩いてきて道路を横切る場面が撮れるいいポイントがあるのですと言う。そういう道路を集団で渡る写真はまず他では撮れません、と。

そこで待っていたら、まだ少し時間があるようだったので、ふと前のお店の「象の糞で作った紙」と、ところどころ間違った日本語で書かれた言葉が目に入った。

行ってみると、象の糞で紙をすいて、ノートやお土産物を作っているお店だった。象の糞から紙を作る過程も見ることができた。水に溶かして、漂白して、すいて、乾かして、紙ができあがる。家族と友だちでやってるような小規模の店だ。

売店には素朴なメモ帳やカードが並んでいる。表紙に象の絵のついたメモ帳をひとつ買おうとしていたら、「象が来た！」の声。

ああっと思ったら、もう象が道を歩いているのでおすすめスポットには戻れない。

残念〜。

悲しく、横向きの象の写真を撮る。おすすめスポットにいるみんなは夢中になって素晴らしいシーンをカメラにおさめているみたい。せっかくマンジュラさんが熱心に勧めてくれたのに。象の糞の紙はあとからでもよかったのに。

そして、象を追いかけて私たちも川へ。

象たちはそこで気持ちよさそうに水浴びをしていた。

うーん。見るからに、いい気持ちっぽい。振り向くとスリランカ人の観光客もたくさん。学生や信心深そうな女性たち、みんな白い服を着ている。

10時半に出発する。

途中でカネコさんがバスから降りて露店の果物を買って配ってくれた。皮の赤いバナナとジャックフルーツ。ジャックフルーツは初めて食べたけど甘くておいしかった。

しばらくバス移動が続く。向かうのはヌワラエリヤの紅茶畑。

その前に途中のガラス張りで見晴らしのいいレストランで昼食。いつものバイキング形式でおいしいカレー。私はココナッツベースのカレーだったらほんとになんでも好きだ。カレーはどこでも数種類あるので自分の好きなタイプのカレーを選ぶことができる。色を見るとどれが好きかだいたいわかる。

ヌワラエリヤの町は高度が高く涼しい。さっきまですごく暑かったのに、だんだんしっとりとした雰囲気になってきた。

山の斜面に横筋のように紅茶畑が広がっている。

1841年創業のマックウッズ社の工場を訪問する。広大な茶畑の中のとても素朴な工場で、燃料は今でも薪だった。紅茶の試飲室があり、そこでみんなでお茶をいただく。試飲用のブロークン・オレンジ・ペコ。

それはあまりおいしいと思わなかったんだけど、せっかくなので売店で小箱3個セットというのを買った。ブロークンよりもグレードのいいやつ。でもパッケージはごく普通だった。日本に帰って飲んだら、なんともいえない柑橘系の後味というのか、よくわからないけどすご〜くおいしかった。いったいどこからこの繊細でほのかな味わいが生まれるのか……。全部飲み終えた時は悲しかった。

出来たてで新鮮だからか。薪でやってるところとか、手作業でやってるとかでも大きく違うんだろうなあ。もう二度とあの味に出会えないかもしれない。芯の奥から醸し出されるようなあのアロマ（帰国後、日本でも買えたので注文してみたが、スリランカで買ったのは葉っぱの形がそのままのだったけど、日本で買えたのは粉っぽいブロークンだった。なので渋みが強くてそれほどおいしくなかった）。

ハガキを出したいという人がいたので、ヌワラエリヤの郵便局に寄ってくれた。

コロニアル調の郵便局。雨が降り出したので雨の中を小走りして飛び込む。売店で、なんとなくカードを見ていたら、紙でできたカード類がかわいかった。

マンジュラさんが言うには、ヌワラエリヤはスリランカでいちばんきれいな町なのだそう。美しい風景と涼しい気候、植民地時代の建物が多く残されていて。

そこから今夜の宿泊地、バンダーラウェラのホテルへと向かう。山道には野菜を売る露店がところどころにあって、それが妙に好きだった。なぜか。野菜が生き生きしてたからかな。


6時15分にホテルに着いた。

オリエントホテルというところ。

私の部屋は1階で駐車場の前だった。外を人が通るのでカーテンを開けられない。人の話し声もする。なので真っ暗な部屋。カーテンを閉めたまま電気をつける。

まるで穴倉だ。シーツもなんだかしめっぽい。息苦しくシャワーを浴びて、夕食へ。

夕食はいつものバイキングスタイルで気楽だった。いいね。目の前で揚げ物を揚げてくれたり、バーベキューみたいなのもあった。でも私はカレーがあれば満足だ。それにちょこちょこっとした野菜の前菜と、興味を覚えたメインのお肉炒めみたいなのをふた口ほどとれば。

夕食後、近くの小さなスーパーへみんなで行く。うす暗くて、おもしろい。ハーブの石鹸やシャンプー、薬草関係のものを見たり、お菓子や野菜を眺める。

楽しいのか、それほどでもないのか、わからない。うっすら楽しいか。


しめっぽいベッドで早々と10時に就寝。

夜中に目が覚めて、仏歯寺の金の入れ物のことを思い出して、また悔やむ。

3月10日（木）　6日目
6時起床。

ホテルの内部や庭を散歩しよう。このホテルは斜面にへばりつくように建てられていて、上に行ったら庭園がありますよとカネコさんが言っていたので。

迷路のような廊下を進む。

階段の踊り場や廊下には絵が描かれていて、古いながらも趣のあるホテルじゃないか。

私の部屋だけが暗いのだ。

いちばん上の庭園では結婚式の準備がされていた。

時期がいいのか、この旅のあいだ、結婚式をよく見かけた。

同じツアー仲間のおばあさんがいたので、部屋がしめっぽかったと話したら、その方は上の階で、窓も開けられるし、シーツもしめっぽくなかったそう。うらやましく、残念。私はハズレだったんだ。


朝ごはんの時、花嫁さんがいた。外にもドレスアップした子どもたちがいた。これからお式なんだ。


8時に出発。

さようなら、暗くしめっぽい部屋。

トイレ休憩に立ち寄った見晴らしのいいレストラン。くじゃくの絵。そしてまたも竹で支えられた工事中の屋根。

9時にラーヴァナ滝（スリランカで最も幅の広い滝のひとつ。雨季には滝全体がヤシの花の形になる）というのを見学して、また進む。

ガタゴト道を通って、10時。ブドゥルワガラへ。

ブドゥルワガラは深い密林に囲まれた仏教遺跡。巨岩の岩壁に7体の仏像が刻まれている。それほどメジャーな場所でなく、観光客もほとんどいなかった。でも、静かでとても好きだった。こういう観光地化されていない場所の方がいい。

みなさん、靴を脱いで仏像に近づいていった。私は靴を脱ぐのが面倒だったので近寄らず、近くの岩の上に寝ころがってまわりの景色や空を眺めていた。

こういう、人のいない、のんびりとしたところがいいなあ。

みなさんも「ここはとてもよかった」とおっしゃっていた。

出口のところにあった店でゴールデンココナッツを飲む。100ルピー（80円ぐらいか）。カネコさんが言うには、「仏さまは魂を抜いたり入れたりするのですが、ここの仏さま、左右のはまだ少し魂が残ってる気がします」。

またバスに乗って出発。途中、電線にとまる青いカワセミを発見。

次に湖で野生の象を発見。水浴びしてて、背中が見えた。

もっと進んだら、湖から道路に乗り出している象も発見。この象は道行く人がエサをくれるのでいつもこの場所に陣どっているのだそう。人々が車から降りて写真を撮っていた。私たちも降りたけど、道路が熱くて熱くて焼けるようだった。

12時半に、ウダワラウェ国立公園のレストランでランチ。

まずスイカジュース。そして2色のごはんとカレーなど数種のおかず。フルーツとバニラアイスクリームのデザート。おいしかった。

食べながら、隣の方にこのあいだの仏歯寺の金の入れ物の画像を見せてもらった。仏さまの歯が入ってる入れ物というので10センチぐらいかと思ったら、1メートル以上ありそうな大きな入れ物だった。食べ物にかぶせるみたいな円錐形。宝石がちりばめられているらしい。

白い服を着た巡礼者たちがお供えする花を手に長い列を作っていて、その人たちがその金の入れ物の前を次々と通りすぎていくところを、見物客は少し離れた柵の手前から見る、という。なるほど、巡礼者のお参りを邪魔しないように見るんだね。それだったら別にいいか。

今日の宿のある海沿いのゴールへと向かう。

ここからゴールの町までは約3時間と遠い。バスの中でマンジュラさんがスリランカの星占い事情を語ってくれた。

スリランカでは、子どもが生まれるとまず星占いで観てもらうのだそう。そしてその子の人生の大きな流れを把握し、何歳頃病気とか事故が起こる可能性があると聞いたら、そうならないように用心したり心構えをしたりする。結婚の時も、まず最初にお互いの相性を星占いで観て参考にするそう。

「悪い星めぐり（運命）の人をよく変えるのはとても至難の業です。人間に教えたいという奉仕の精神を持っている占い師はよく当たります」

星占いの話をいろいろ聞いてなんだか気持ちがよくなったので考えた。

私は、観光地や遺跡や宗教っぽいところではなく、自分の好きな空気、植生、湿度を持つ国に行くのがいいのかも。

続いてまたカネコさん、マンジュラさんから仏教の講義。外の景色を眺めながら聞いていると、突然、バスの緊急ブザーが鳴り出した。ブーッ、ブーッと。

驚いて調べているけど、わからない。説明書を読んでいろいろ試すが、鳴りやまない。20分ほど停車して様子をみたけど、わからない。

しょうがないのでふたたび発車する。ブザー音は止まらず、講義も中断。

このバス、大丈夫なんだろうか？

重苦しい沈黙が続く中、ブーッ、ブーッ、ブーッ、ブーッ、ブーッ、ブーッの音だけが勢いよく鳴り響く。

バスは高速道路に入った。警報音の中、講義が再開される。みなさん、熱心にメモを取っている。

するとしばらくして、ピタッと鳴りやんだ。

静寂。

今回の参加人数は8名。バスの座席はゆったりと使えるし、みなさんひとり参加なのでバスの中でおしゃべりする人もいない。それがよかった。バスの中で人のおしゃべりをずっと聞かされ続けるのは、興味のある話だったらいいけど、そうじゃなかったら拷問だ。

参加者のおばあさんが、スリランカの建築家ジェフリー・バワのホテルを見学したいと申し出た。私も見たかったので「私も見たいです」と伝えた。それでゴールにあるホテル「ジェットウィング・ライトハウス」へ寄ることになった。うれしい。

私はダンブッラにある「ヘリタンス・カンダラマ」というホテルの方をより見たかったのだが。そこは岩山とジャングルの中に溶け込むようなホテル。雑誌で見て、植物がテラスからぼうぼうと生えている様子がいいなあと思って切り取った。いつかぜひ機会があれば泊まってみたい。「時の流れと共に緑に覆われ、最終的には緑に埋もれるように設計されていて、外観はすでに森と化してる」ホテルだそう。

ホテルに着いて、広く海を見渡せるカフェで紅茶を飲む。ちょうど夕陽が沈む頃だった。岩に波が打ち寄せ、白く波しぶきが飛ぶ。らせん階段にはぐるりとブロンズの彫刻群。そこから見える湾の反対側に今日私たちが泊まる「クローゼンバーグホテル」があった。クラシックで静か。

初めて部屋の中でもWi-Fiが通じる。ベッドの上には蚊帳《かや》がぶら下がっていた。

夕食はコロニアル調のレストラン。デザートの時、カネコさんとマンジュラさんが席を立った。どうしたのかなと思ったら、なんと！

私の誕生日祝いのケーキを持ってきた。明日が誕生日だから。きゃ〜。私が最も避けたいことは、旅先やレストランで見知らぬ人にただ誕生日だっていう理由で祝われること。恥ずかしい〜。でもわざわざ注文してくださったのだ。ありがたくお礼を言ってロウソクの火を吹き消す。


明日帰るので、パッキングしてゲームをして、11時に就寝。

3月11日（金）7日目
早起きして、日の出の写真を撮る。

海に沿ってカーブしている細いプールの向こうに輝く太陽。眩しい。

ゴールの町を散策する。オランダの影響を受けたという城塞都市。

海に張り出す石垣の上を歩く。日がいいのか、結婚式の写真を撮る人がたくさんいた。王朝時代の王と王妃の衣装を着る人が多いそう。ツアーのおじいさんが、ふたりの美女を左右に写真を撮ってもらってる。それを見たツアー仲間に「いいわねえ」とからかわれていた。このおじいさんは、ツアー中ずっと、どこに行っても自撮りしていたおじいさんだ。三脚を立てて、笑うこともなくサッと写して終わり。見ててなんとなく気持ち悪かったけど、「景色だけだと家族が見てくれないから」とのこと。

草の上でヨガをする人々がいたので石垣からのぞいていたら、「おいでおいで」と誘ってくれた。青空の下でやるヨガは気持ちよさそう。

ステンドグラスの美しいオランダ改革派教会を見てから、浜辺の魚市場へ。数軒の小さなお店に魚が山盛りに。たまにきれいに並べられているのもあった。目が丸くて怖いほど。

コロンボへと移動し、レストランでお昼。都会のビルの中の、巨大な象の置物のあるきれいなレストランだった。カレーその他、たくさんの主菜が銅の鍋に入れられ、目の前で作ってくれるものもあり、充実したランチ。

そのあとスリランカ仏教3大宗派のひとつ、アマラプラ宗の寺院へ。カネコさんの知り合いの大僧正の紹介で、3名の高僧方との謁見、質疑応答の時間をいただいたのだそう。

テーブルの脚は鹿の角。出されたココナッツジュースを飲んで待っていると、3名の方が入ってこられた。真ん中の方がアーナンダ大僧正で、とても偉い方のようだった。30分ほどお話を聞き、そこで大僧正は退出し、左右のお坊さんと質疑応答。カネコさん他3名の方が質問をしていた。

終わって、「祝福をしたい」とおっしゃって、私たちに健康と長寿を祈るお経を唱えてくれた。私は初めて本当の意味のお経というのを聞いた気がした。法事の時の退屈なお経とは違う。人の声で祈りの言葉が相手に向かって流れ出ていた。これがお経なんだ。

最初に声を聞いた瞬間、胸がハッとした。


コロンボ空港から、夜の飛行機で帰国する。


このツアーの感想。

おじいさんやおばあさんたちとの落ち着いた仏教研修旅行だった。

スケジュールに無理がなく、バスの中も静か。料理もおいしく食べやすく、みなさんお酒もあまり召し上がらず。ガイドのカネコさんは丁寧できちんとされていた。

だれとも親しくならなかったけど、そのさっぱりさもいいのだろう。私も高齢になったら興味のある分野でまたこのようなツアーに参加してみたい、……かな。いや、もういいかも。

でも旅は一期一会。

人生の先は1秒も見えない。次はもうないかもしれない。

そう思うと、素晴らしかった。この旅も。こんなにおだやかに、トラブルもなく、嫌な気持ちにもならずに遠い異国で過ごせるなんてありがたい。奇跡ともいえる。

スリランカはとてもいい国だった。人がやさしくて敬虔な感じで、自然も豊か（暑いけど）。いつかゆっくりと回ってみたいなあ。ホント。バワのホテルに泊まって。

街に新しいビルがたくさん建築中だった。

これからどんどん伸びていきそうな国だったなあ。素晴らしい国、スリランカ。

スリランカ
ピット
好きなものを
ちょっと
ずつ
ジャックフルーツ
タマリンドの実
竹の支
ウェッサ・ギリヤ
刻みのつけられた
大きな岩
お供えの花・大好き
イスルムニヤ精舎
白い服の人々
菩提樹
金色の棒で支えてる
かわいらしい
仏像
拾っ
菩提樹

ルワンウェリサーヤ大塔へ歩く道から

とんでもなく長い赤い布を
掲げて歩く巡礼団

それを白い塔のまわりに巻きつける

花を掲げた人々の長い列

結婚式

この人たち
空中を飛んでるようだった

アバヤギリ僧院の
ムーンストーン

ミヒンタレーへの長い石段

顔に見える
コブラ

大きなヘビと
サルと私

インビテーション・ロック
あの上に登った

楽しげなサル

マハー・サーヤ仏塔で寝ころんでいる家族

古代都市ポロンナルワ　まるでサルのなる木

座ってる像は「どこ吹く風～」

むっちりとした女の子
岩に腰かけている

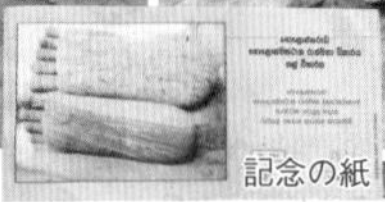
記念の紙

立ってる像は憂い顔

横になってる像はクール

おいしかった

パイナップルジュース

ダンブッラ石窟

朝、仲間たちとシギリヤ・ロックを眺める

遺跡に腰かけて遠くを眺める女性ふたり

風に吹かれる若い1本の木

かわいらしい少女

仏歯寺前の感心な子どもの像

どの仏像もにんまりとしていた

アフリカン・チェリーの木の下の象

象の水浴び

象の糞で作った
ノートと
その工場風景

買ったメモ帳

ココナッツベースの
おいしいカレー

ヌワラエリヤの
紅茶の工場

紅茶を試飲する

とても静かで好きだった
ブドゥルワガラの仏教遺跡
岩壁に７体の仏像が

私の誕生日祝い

青いカワセミ

暗かった部屋

スイカジュースおいしい

人に慣れている象

きれいな花よめさん

ホテルのプール、早朝

朝、道に落ちていた花

かわいい子どもたち

ヨガ、誘われた

結婚式が多かった

テーブルの脚は鹿の角、謁見

充実ランチ

魚市場

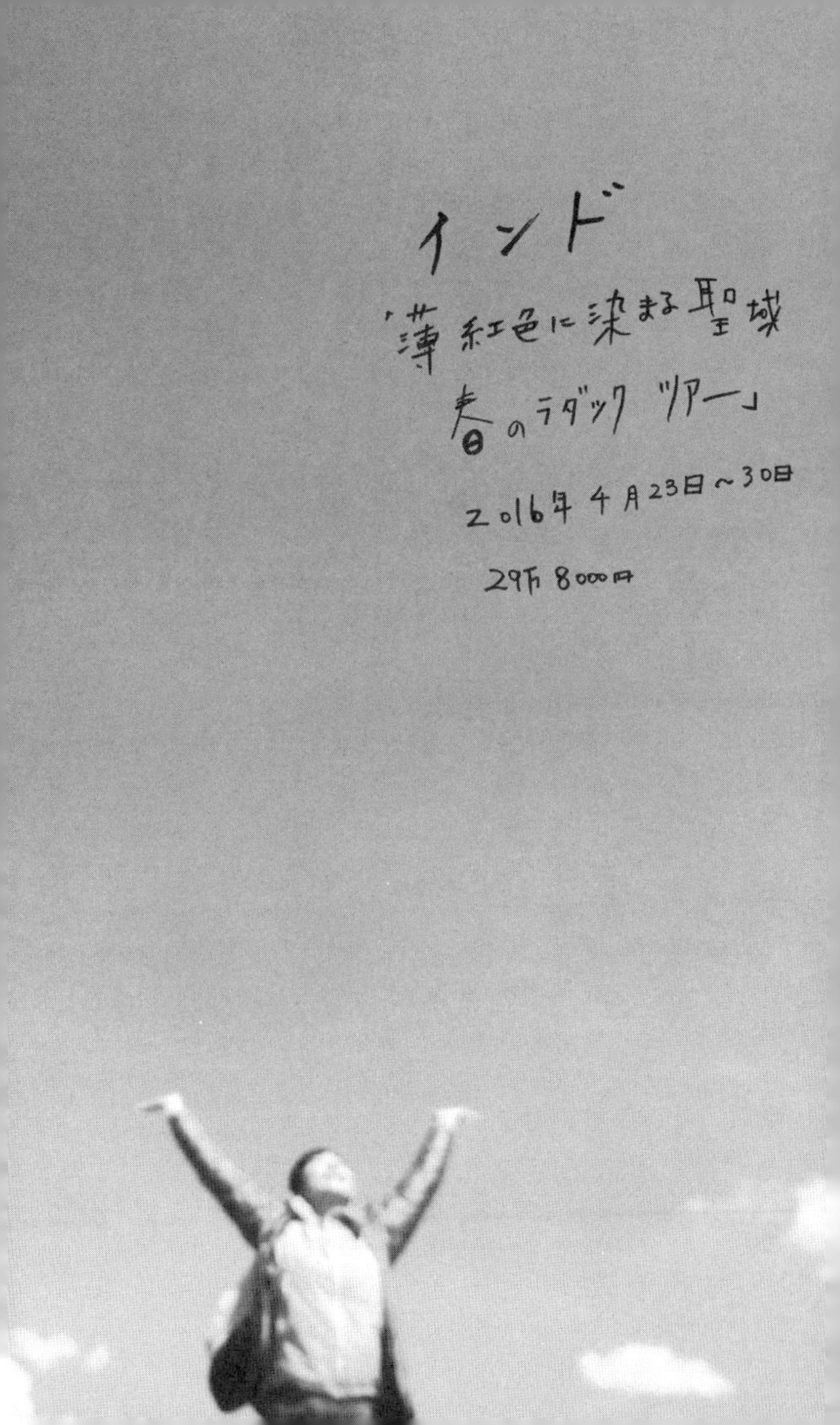
インド
「薄紅色に染まる聖域
春のラダック ツアー」
2016年4月23日～30日
29万8000円

SINDHU FRUIT PROCESSING
LEH LADAKH (J&K)
APRICOT JAM

さて、私はもう自分の好きなツアーに行こう、と決心した。

1ヶ月に1回は行きたいと考え、4月にいいところ……と、探していて目に留まったのがこれ。「インド北部・ヒマラヤの懐に抱かれた杏の里へ　薄紅色に染まる聖域　春のラダックツアー」。

2016年4月23日から30日までの8日間、29万8000円。最少催行人員8名（15名様限定）。おひとり部屋使用料4万円。

なにしろ、そのパンフレットの写真に心惹かれたのです。杏の花が満開で、その中に玉ねぎのような形のモスクが写っている。そのエキゾチックな雰囲気に。

解説を読むと、

「知られざる杏の里・ラダックへ
厳しい冬が終わり、柔らかな陽射しが日中差し込むようになる頃、インドの北部・ラダックやカルギル地域では杏の花が咲き誇ります。荒涼とした大地を色づける杏の花。白いポプラ、そして雪を頂いたヒマラヤとの組み合わせは、この時期だけの景色です。山からの雪解け水が流れ始める季節、ウールの民族衣装を着た人々がヤクを引き畑を耕したり、種をまいたりする様子が見られます。花の民と呼ばれる人々の住むダー村も訪問。さらにインダス川の西・イスラム文化圏のカルギルではモスクを囲い谷一面に広がる杏の花をお楽しみいただけます」

決めた！　申し込もう！

で、今は4月23日（土）。

11時15分発の、デリー行きのエアインディアのエコノミーに乗ってます。

快適かと問われれば、躊躇《ちゅうちょ》なく「NO！」と答えられる状況です！

というのも、真後ろの席に2歳ぐらいのインド人の男の子がいて、ずーっと泣いてるんです。ずーっと。それも耳をつんざくような大声で。こんなに長く泣けるものかと人体の神秘に思いを馳せるほど。

30分ほど我慢したけど、たまらなくなってこんな時のためにと用意してきた耳栓をしたら少しは楽になりました。耳栓、持ってきてよかった。私もだんだん旅慣れてきましたよ。他の席の赤ちゃんもつられたのか号泣しています。後ろの席の子が足で私の椅子の背をドンドン蹴り始めました。やめて〜。

泣き叫ぶ後ろの子。あやしたり叩いたりしている母。隣の隣の席のインド人は映画を見続けている。機械が壊れたようで、真ん中のだれもいない席の画面で続きを見ている。

なんだか苦しい。

搭乗してから1時間ぐらいして、やっと離陸。長かった。エアインディアは遅れがちというのはこういうことか。

離陸して、ゴーッといい始めたら男の子も泣きやんだ。ほっとする。

映画でも見ようと思ったけど、日本語字幕のいい映画がなかったので読書することにする。

すると、ランチが運ばれてきた。チキンとポテトのカレーと、ほうれん草のカレー。とてもおいしいです。が、小さな緑色の唐辛子がすごく辛かった。

近頃旅のことを考え続けていた私は、今回、飛行機の中で快適に過ごせるようなバッグを探し、ついにポケットが15個もあるバッグを買って、いろいろ入れてきました。けっこう高価なオロビアンコのバッグ。でも、ポケットが多すぎて、どこに何を入れたのかわからなくなり、また、ポケットが多いだけに大きく膨らんで使いづらい。そして革製で重い……。

これは、インド旅行には失敗でした。

まあ、それはしょうがないとして、着陸前に軽食。

旅行中は食べ過ぎないのが健康法、と思いながらも、そのサンドイッチが案外おいしくてすんなり食べてしまう。果物も。


9時間15分のフライト後、無事、夕方、デリーに到着した。

そして入国審査。

大きな丸がたくさんついた壁から巨大な仏像の手が何本も出ている。なんか好き。このデザインを考えた人は素晴らしい。

バスに乗ってホテルへ。明日の早朝の飛行機に乗るので空港近くのホテルかと思ったらけっこう遠かった。1時間弱の移動。

うす暗い変わった感じのホテル。でも大きくて近代的。ロビーのインテリアがさっきの空港の仏像の壁の丸にちょっとだけ似ていた。

チェックインの手続きのためにしばらくうす暗いロビーで待つ。こういう時間は短くてもけっこう長く感じる。

部屋に入って、すぐに夕食へ。人がいないうす暗いレストランでブッフェ形式。たくさんの食べ物が並んでいる。わりと豪華。どんな味の食べ物なのかわからないものがあり、とても興味を惹かれたけど控えめに食べる。特にデザートに不思議なものが多かった。表面が銀色に輝いてアーモンドがのっかってる小さくて四角いものなど。

味は全体的においしかった。私はライスとカレーが数種類あれば常に満足。

食事をしながら、まわりの方の話を聞く。

今回の参加者は、成田から9名、大阪から3名、現地合流2名の計14名。隣に座った黒ずくめの女性はチベットが好きで、今回でなんと参加10回目なのだそう。去年も同じツアーに参加したけど途中の道が崖崩れで通れず、今年またリベンジに来たと。同じようにリベンジの方が他にふたりもいらっしゃった。へえ〜。

大阪からの飛行機は到着が遅れているそう。

シャワーはぬるいお湯しか出なかったので急いで使う（他の人はお湯が出たって）。

明日は3時40分出発なので、9時に寝る。

4月24日（日）2日目

3時に起床して、予定通り3時40分に出発。

大阪からの飛行機はずいぶん遅れ、ホテルに着いたのは真夜中で、寝る時間がほとんどなかったそう。

5時55分発の飛行機でインド北部のラダックにあるレーへ向かう。

ラダックはインドのいちばん北の端で、ヒマラヤ山脈の西の裏側、インダス川の上流にある。地理的にも文化的にもチベットの一部。文化大革命による破壊を受けなかったので、現在のチベット自治区で失われたチベット文化が、チベット以上に残されていると言われている。

機内で朝食が配られた。ナン、カレー、揚げ物、果物などで、おいしかった。

窓の外には雪山が連なっているみたいで、みんな「わ〜」と言いながら見ている。私の席からはチラッとしか見えなかった。とても気になったけどガマンした。

レー空港に7時50分に到着。高度3500メートルだって。

寒い。

高山病の危険性について注意されていたので、ゆっくり歩く。そして深呼吸。

まわりは雪山。しかも空が広い。高いところなので高い山に囲まれていても、その高い山が低く見える。

乾燥していて、青空で、きりっと冷えた空気。紫外線の量も多そう。

遠くの雪山と近くの茶色い岩肌の山と荒涼とした地面。眩しい太陽。私が今まであまり見たことのない風景なので新鮮だった。

小さな空港の外に軍隊の人が銃を持って立っていた。ラダックは国境にあって、インドにとって需要な軍事拠点でもある。

ガイドさん他5名のドライバーさんのお出迎えを受ける。添乗員のコバヤシさんはラダックが大好きで何度も来ているそうで（住もうと思ったこともあったとか）、彼らとはもう旧知の仲。5台の車にそれぞれ分乗する。どの車になるかは毎日くじで決める。

私とおっちゃん、むっつりした男性、の3人になった。

おっちゃんが窓の外を歩く犬を見て、「ほら、犬、犬」とむっつり男に興奮ぎみに言う。むっつりは「それが？」とひとこと。私も実はそう思ったけど、むっつりは愛想なさすぎ。せめて「ああ……」ぐらいは。でも社交辞令を言わないはっきりした人なのだろう。それはそれでいいと思う。

近くのホテルへ移動し、そこでお茶を飲み、休憩する。

チャイとトースト、お粥《かゆ》、じゃがいもの何かが出た。この食堂もとても寒い。暖房はないのだそう。寒い。

でも、ホテルの外にある杏の花は満開だった。

白くて細い木が棒のように直立している。ポプラの木か。これも見たことのない景色。

素朴ないいホテル。

これからアルチという村へ移動。今夜泊まるホテルのあるところ。

道路沿いには軍の施設があって、ちょっと物々しかった。途中、インダス川とザンスカール川の合流点で写真ストップ。これがインダス川……。

ほー、というか、なんというか。地理で習ったなあと。


また途中、小さな村で牛が畑を耕して、そこに村人がじゃがいもを植えているのを見る。小さな子どももがいる。毛糸の服を着て帽子をかぶってる。しわがいっぱいあるやさしそうなおばあさんがいて、みんな写真を撮らせてもらっていた。私もちょっと撮らせてもらった。

少し行ったら店が数軒並んでいて、お茶を飲むところがあったのでお茶休憩。チャイを飲む。陽射しが強くて暑いほど。丸い揚げ物を揚げてるけどなんだろうと思いながら見る。

12時にアルチのホテルに着いた。素朴なホテル。部屋に入ったけどとても寒い。お湯もあまり出ない。お湯は豊富にないので、一旦バケツに溜めて薄めながら使ってくださいと言われる。

ベッドに寝ころぶと天井が見えた。その天井は細い木を丸太の上にきっちりと並べた素朴な造りだった。

昼食を食べる。薄く丸いパンとライス、カレー、スープ。食堂のレースのカーテンは星の模様で、そのむこうにピンク色の花が咲いていていた。壁にはダライ・ラマ14世の写真や高僧の写真が飾られていた。


それから村を散策。

アルチ僧院へ。10世紀末にリンチェン・サンポによって建てられた寺院と言われている。仏教美術の宝庫らしい。撮影不可。いろいろ細かいのがあった。けど、私は本当に宗教やお寺に興味がないのでなんとも思わなかった。興味のある人は興味深そうに見ていた。

何かをいくつか見て、村の中や畑を散歩する。

人がいなくて静か。石垣と木。遊んでる子ども5人と、畑仕事をしている4人家族がいたぐらい。その家族の中の10歳ぐらいの女の子をおじさんが写真に撮って、畑の中で、すぐに持参したプリンターでプリントアウトしてプレゼントしていた。おじさんは今までの旅の経験から、こうやって小さなプリンターを持参することにしたのだそう。

ご夫婦が一組いる。奥さんの方はとても寒がりだという。そして「寒い。こんなに寒いと思わなかった」と震えている。するとご主人が「言わないで来た。言ったら来なかっただろう？」と言うので笑った。

散策したら疲れてしまった。頭がうっすら痛い。高山病か。

今日はたくさん食べたし、食欲がないので夕食はパスした。早々と寝る準備をしていたら添乗員のコバヤシさんが湯たんぽを持ってきてくれた。あったかい。ありがたい。

持参した薄手の寝袋（ニュージーランドで活躍）の中に入れたら寒くなくぐっすり眠れた。そういえばパンフレットに「ホテルでは大好評の湯たんぽサービス」と書いてあった。聞けばコバヤシさんが日本から全員分の湯たんぽを持ってくるのだそう。

4月25日（月）3日目

長く寝たので快復。よかった。

7時に朝食。お粥、オムレツ、トーストに杏ジャム。紅茶。

杏ジャムはザラッとしてて濃厚でおいしい。

　8時に出発。今日の車の同乗者は引き続き昨日と同じ、おっちゃんとむっつり男。昨日は移動距離が短かったので。

　青い空、灰色の山、黄緑色のポプラの中を進む。検閲所があったのでそこでトイレ休憩。そのトイレは荒涼とした風景の中の四角いブロックの固まり。シンプルなギフトボックスのようだった。


　途中の民家でお茶をいただき、羊の群れとすれ違ったあと、ダー村に到着。

　花の民と呼ばれる少数民族が暮らす地方。総人口は約3000人。神に捧げるという意味で天に近い頭に花を飾り付けている。斜面に建てられた一軒の家の中でお昼ごはん。朝、添乗員さんたちが作ってくれたランチボックスを食べる。サンドイッチ、おにぎり、りんご、ゆで玉子、じゃがいも、ビスケット、チョコレート。

　3名の方が民族衣装を着て見せてくれた。この花は生花かと思ってたら造花だった。ほおずきだけは本物なのかもしれない。

　このお昼を食べた部屋の中では床の絨毯《じゅうたん》やクッションみたいなのに座った。泥だらけだったけど乾燥しているからよかった。みなさんいろいろ質問したり、写真を撮ったり。

外に出て少し散歩する。ゴロゴロした石を積み上げてできた家だ。犬が寝ていて、ロバが追われてゆっくりと歩いていた。


隣のガルクンという村に寄って散歩していたら、布で囲んだテントの下で結婚式が行われているところだった。音楽に合わせ、十数名の盛装した女性が踊っている。頭に花、肩に動物の毛皮をかけている。若い男性、おじいさんみたいな人も頭に花をのせている。

珍しいものを見学できてみんなうれしそうだった。


景色を眺めながら杏の里カルギルを目指す。本日の宿泊地。

途中でタイヤがパンクしたのをサササッと手際よくドライバーさんたちが替えていた。

移動距離があったので隣にいたむっつり男と話す。話してみると案外よくしゃべる人だった。ものすごくいろいろな国へ行ってるみたいで、このツアーの前のツアーから続けてインドに来ていて虎を見たと言っていた。この人も去年のリベンジ。そして夏は南アフリカに行くという。南アフリカのナマクワランドのお花畑は私も行こうと思っていたのでその話を聞く。花の咲く時期や咲き具合は年によって変わり、ツアー中、まったく花が咲いていなかった年もあるという。

6時半にカルギル到着。ラダック第2の都市。ムスリム（イスラム教徒）の居住地で、シュリナガル、ザンスカール、レーを結ぶ道路の中間点として重要な役割を果たしている。ホテルへチェックイン。けっこうボロボロ……というか、古くてうす暗い。ここに2連泊か。足元が寒い。でもお湯は出るらしいのでよかった。

まずお茶を飲む。

7時半、夕食。

スープ、パン、カレーなど、あまりおいしくなく少量しか食べなかった。シャワーを浴びて（熱いお湯が出たことはよかった）、9時半に就寝。湯たんぽがあったかい。

4月26日（火）4日目

夜中、犬の鳴き声がすごかった。あと4時頃にお祈りの大声で目が覚める。それ以外はぐっすり眠れた。

7時半、朝食。チャイ、コーンフレーク、玉子焼き。

隣に座った、昨日車で一緒だったおっちゃんが、カザフスタンのテントに泊まるツアーがものて大変だったという話をしてくれた。そのツアー、私が来月申し込んでいるツアーだ！　なになに？　と思って詳しく聞いたら、テントが古くて壊れていて、テント張りを手伝わされて文句を言ってる人がいて、その人はカメラのバッテリーが切れて充電できないことにも文句を言っていたという。なので私に「バッテリーに気をつけて。余計に持っていった方がいいですよ」と何度も忠告してくれた。「はい」と答えてるのに、その後も何度も暗い顔をして言うので、うるさく感じて、「バッテリーは自己責任ですよ！」とはっきりと言ってしまった。そんなの当然じゃん。

パルスオキシメーター（血中酸素飽和度測定器）で脈拍数などを測る。65と出て、あせる。69以下で酸素供給、64以下で入院、と旅のしおりに書いてあったから。こっそり2度測り直す。69と出た。

コバヤシさんに「ちょっと低いんですけど……」と数字を見せたら、酸素飽和度と脈拍数を逆に読んでいたみたいで、実際は92だった。

「すごくいいじゃないですか～」と言われてホッとする。

9時、出発。今日は一日、杏を求めてあちこちドライブ。

今日の車の振り分けは、私とさっきのおっちゃんともうひとりのおっちゃんだった。なにしろ14人中、似たようなおっちゃんが5人もいてまだ見分けがつかない。

ドライバーさんの知り合いたちに尋ねて、今どこが満開か聞きながら移動する。ミンジ村というところがきれいだということでまずそこに行く。

車のルームミラーやダッシュボードの上とかにみなさん、お坊さん（って言うのかなんと言うのか）の写真を飾ってる。

途中、パンフレットに載っていたモスクの場所に連れていってくれた。

「ここです」と言われたけど、そのモスクは銀色で小さくて形も違う。

「違うみたいですよ」とパンフレットと見比べながら言ったら、「じゃあどこだろう？」とドライバーさんたちと考えてる。あの写真に惹かれて決めたツアーなので、ぜひ見たいところ。

ミンジ村に着いた。

雪山を背景に杏の花が満開だ。桜の花によく似ている。桜と言ってもいいほど。

そこで自由時間をとって各自散策する。ひとけのない静かな村だった。

お昼ごはんを食べに、いったんホテルへ戻る。

スープと、カレー味のごはん、麺。

午後はさっきと反対の方向に走って、パンフレットのモスクを発見してくれた。

杏の花はすでに散っていたけど、とりあえずその場所を見られてよかった。それからさらに標高をあげてカルギルの町を見下ろせる村へ。羊の毛皮が杏の木の下に干してあり、牧歌的。遊ぶ子どもたち。


夕方、カルギルのマーケット散策。杏売りがいて、種入りの干し杏を500グラムと、黒ずくめの人が「煎って中の仁《じん》を食べるとおいしい」と教えてくれた杏の種をひとふくろ買う。黒ずくめの人は3ふくろ買っていた。

帰ってきて、チャイとクッキーのおやつ。

夜はドライバーさんたちが名物のモモを作ってくれるというのでホテルの台所にちょっとだけ見に行く。モモというのは餃子みたいなもの。台所のシンプルさに驚く。暗くてまるで何も置いてないように見えた。

夕食前に、「Samba」というおいしいラム酒を買っていた方がいたのでご相伴にあずかる。体の大きい男性で、その方も旅慣れている様子。このツアーのあとにインドネシアへ行くという。一風変わった謎の人で、今までに背骨を3回折って、痛みで夜はかっきり5時間しか眠れないのだそう。かっきり5時間で目が覚めるんだって。毎晩お酒で痛みをごまかして寝ているそう。世界各国を旅していて、たまったマイルで気ままに飛んで、近くにある世界遺産を見てまわるとか、なんかそういう自由な旅をしているらしい。たまにこういうツアーにも参加して。

数年前に自分の資産を計算して、部屋代など必要最低限だけを残して、それ以外をすべて旅に費やしているのだそう。迷いも甘えもない感じだったなあ。あの黒ずくめの旅慣れた豪快な女性はだれとでも明るく話し、お酒もよく飲めるみたいで、この謎の人とよく食後に一緒に飲んでいた。

食後、むっつり男さんがインドの写真を見せてくれた。インドの虎のことを質問したばかりに食堂で長々と。写真を撮るのが好きなようでとてもたくさんあった。

このむっつりさんも変わった人だった。以前の旅で知り合った上品な年上のおばさまを「お姉さま」と慕い、今回も誘って参加している。そのお姉さまはお友だちとご一緒。お友だちは頑丈そうなおばさん。お姉さまは次にインドの紅茶の高原列車の旅に行くという。そして、「あの方もお誘いしてさしあげたら？　と言われたのですがどうですか？」といつだったかむっつりさんが私に聞きに来た。「あ、いえ、いいです」とお断りしたが、とても不思議な人間模様が展開されていた。

9時に就寝。湯たんぽがありがたい。

4月27日（水）5日目
6時半起床。パルスオキシメーターで朝食前に毎日計測。問題なし。

7時、朝食。

8時、出発。カルギルの町を見渡せる場所から全景を撮る。

今日もまた新たなおっちゃんと！　ずっとおっちゃんとばかり！

でも長く走ってるあいだにポツポツと話すようになり、やがてタメ語で語り合う仲に。けっこうおもしろかった。エチオピアツアーに行った話を聞く。エチオピアは最高だったけど、ダニがいたらしい。それを聞いて、だったら嫌だなと、期待がしぼんでよかった。いつもいいことしかないと思い込んでしまう私だから。

ムルベクの磨崖仏《まがいぶつ》を見学。大きな岩山の壁面に大きな仏像が彫ってある。下に小さな部屋があり、仏さまの色鮮やかな壁画や高僧の写真、かわいらしいお供え物など。

その脇の川に下りていく荒地にトイレ。男性は外で。女性用には小さな小屋があり、ドアがふたつ、中には大きな穴が空いてるだけ。のぞくと下は斜面。落っこちそうでとても怖かった。

その後、ナミカ・ラ峠（3720メートル）とフォトゥ・ラ峠（4029メートル）を越える。峠はどちらも風が強く、荒涼としていて、五色の旗が団子になってはためいていた。

ラマユル僧院へ。月世界を思わせる荒涼とした風景にたたずむラマユル僧院、と書いてあったので楽しみにしていた。月世界ってどんなんだろう？

「ラマユル僧院は、11世紀にひとつのお堂が建てられたのが始まりとされる名刹。月世界と呼ばれる奇岩の大地の中に築かれ、リンチェン・サンポが創建したと伝えられているセンゲカン（獅子堂）など、見どころも多い大僧院です」だって。

五色の薄っぺらい石が積み重なっている。

いろいろと見どころの多いこの僧院を見学してから、食堂で昼食。

周囲は荒涼とした灰色の岩山で、確かに月世界っぽい。灰色の中に灰色の僧院、そしてうす黄緑色のポプラの木。

途中のティムスガン村で杏が咲いていると聞いて、急きょ立ち寄る。ここもきれいだった。畑の村人たちや杏の花、川沿いに広がる家並みを見る。

前に泊まったアルチのホテルに5時過ぎに到着。夕食のメニューは、最初の昼食とまったく同じだった。今日の部屋は前ほど寒くなかった。よかった。また湯たんぽで暖かく眠る。

4月28日（木）6日目
9時出発。車は、初めて女性と一緒だ。カメラマンのおじいさんとカメラマンの女性のペア。
妖精が住んでるような清らかな印象のアルチを出て、車で30分のサスポール村でニダブク石窟を見学する。
岩山の斜面を登っていく。足元の石は五色。きれいだったので登りながら下を見て石探し。

緑色の石を何個か拾った。石窟の中の壁画を見る。色あせも少なくとても保存状態がいいらしい。私は壁画にも興味がない。

ふわっとした美しい苔のように木々の新芽が覆うこの村を散策していたら、ひとりのおっちゃんが行方不明になった。どこへ行ったのだろう？

ずいぶん捜して、やっと発見。カメラが好きで、旅行がやめられないと言っていたおっちゃんだった。


車内でカメラマンの女性と話す。この方も旅好きで、私が行きたいと思っていたギアナ高地にも行ったことがあるそうで、その近くにある碧玉《へきぎょく》の岩盤でできた川に行った時、足を噛む蝿のような虫がいて、ものすごくたくさん噛まれたと言っていた。それを聞いて急に冷静になり、行く気がしぼんだ。

また、こないだおっちゃんが言ってたカザフスタンのテント泊のツアーにも行ったそうで、土ぼこりがすごくて寝る時にシャワーキャップをかぶって寝たとか、朝起きたらテントの中にサソリがいたとか言ってた。ますます冷静になる。

でもよかったところも教えてくれた。インドのデリーからレーまでの山道やジョージアはお花がとてもきれいだったそう。

添乗員のコバヤシさんにそのテント泊のツアーのことを聞いたら、コバヤシさんはまだ行ったことがないそうで「行きたいです。絶対に感動しますよ！」と言う。確かに苦労が大きいほど感動も大きいだろう。でも、好きなことならいいけど、見知らぬ人々とそんな苦労はしたくない。私は本当に砂漠が好きだろうか？　と静かに自分に問いかける。


空港のあるレーに戻る。

シャンティ・ストゥーパという仏塔を見学する。仏塔にも興味がなかったけど、レーの町を一望できるここからの眺めはよかった。

最初にお茶を飲んだホテルに行って、昼食を食べてから部屋にチェックイン。

この部屋はこの旅で初めて居心地がいいと感じた部屋だった。


午後、レー市内のお店を散策。

杏の専門店で、杏ジャム、杏の石鹸（箱はボロボロだったけどいい石鹸だった）、杏オイル、杏のクリームを買う。黒ずくめの女性は杏の石鹸を好きだからと言って10個も買っていた。

ホテルの近くでチベット市をやっていて、そこでヤクの毛布を黒ずくめの女性が「安い！

ひざ掛けにする!」と言うので、私も買った。一緒に買ったらさらに安くしてくれた。1200円ぐらい。彼女は赤、私は紫系。

部屋で肩にかけたらとても暖かかった。

部屋が寒くないのは初めてだったけど、食堂は寒く、ダウンを着て食事をする。カメラマンの女性が隣に座ったのでまたお話しする。この方が唯一、なんとなく話が通じる気がする。

シャワーは熱いお湯がたくさん出てうれしかった。でも水量が少なく、細く広範囲に広がって使いづらかったのでバケツに溜めて使った。

読書をして眠る。湯たんぽ。最後の夜。

4月29日(金)7日目

5時、起床。読書。

7時半、朝食。いいお天気。

見上げると、青い空にポプラの白い木の肌が輝く。着いた日に満開だった杏の花が茶色く散りかけている。

ホテルの前でドライバーさんたちに最後の挨拶とお礼を言う。

添乗員のコバヤシさんはきびきびとした素敵な方だった。「ラダックが好きすぎて悲しい。

涙が出ます」と涙声で挨拶されていた。それを聞いて私も感動してもらい泣きしそうになった。そんな人に添乗してもらってうれしい。

空港まで車に分乗。車の中にはダライ・ラマ14世の写真。慕われてるんだなあ。

飛行機の窓から雪をかぶった山脈が延々と見えた。エベレストかと思うようなとがった山がたくさん。でもどれも違うんだ。


デリーに1時頃着いた。夜の飛行機なのでそれまで半日観光。

空港の外に出ると、熱風！　まるでサウナの中を歩いているよう。43度とかって言ってる。

まず昼食。タンドリーチキンとカレー、ラッシー。


熱風の中を観光。世界遺産のフマユーン廟。

あつい〜、あつい〜、蒸し焼き〜、と思いながら見学する。でも今までと雰囲気が変わって、ちょっと楽しかった。木から白い綿毛がたくさん落ちていた。

幾何学模様が美しい廟を見学したあと、庭園の大きな木を撮っていたら、男の子が私にリスがいるよと指さして教えてくれた。それがうれしい出来事だった。

この旅の感想。

ラダックは高地で、とても美しいところだった。

空は青く、空気は清涼。陽射しは直接。

ポプラの緑が灰色の岩山に映えていた。紅葉の季節にまた訪れてみたいと思った。ポプラが黄葉してきれいそう。


さて、家に帰り、私は即、予約していた5月のカザフスタンのツアーと7月のグリーンランドのツアーと8月の南アフリカのツアーをキャンセルした。キャンセル料が発生したものもあったけどしょうがない。私はわかった。私はツアーに向いてない。ツアーでしか行けないところなど、よっぽどじゃない限り、もういい。

私はどうしても人といると、その人の感情を感じてしまうところがある。なので近くに人がいるとヘトヘトになる。私の心の半分ぐらいは人に使ってるようなものだ。ツアーに来る人たちはたいがい強くて社交的か、社交的じゃないとしても他人のことが気にならない性格でマイペースで過ごせる人が多い。私のように人の気を感じてしまうようなタイプには苦しすぎる。旅の時間をそんなことに使ってしまうなんて損だ。

なのでツアーはもうやめよう（今は）。6月に予約しているツアーを最後に。

6月のはひとりで参加するのではなく気の合う友だち（義理の妹）と一緒だから今までとは違うだろう。ごはんの時にだれが隣に座るかとか、何かしゃべらなきゃとか、緊張しなくて済む。

初めて友だち（みたいな存在）と一緒に参加するツアー。しかもお花の咲く山をハイキングという大好きな内容。全然違う。なのでとても楽しみ。

インド

レーでの朝食

空港に似たホテルのロビー

インドの空港

ヤク

インダス川

ホテル

ホテルの食堂

杏が満開

チャイ

なんか揚げてる

昼食

アルチの村

アルチのホテル

小さな村を歩く

車の中の仏像

四角いトイレ

ロバ

ランチボックス

頭に花

結婚式

荒涼とした風景

道をふさぐ羊

モモ作り

おいしかったお酒

夕食

パンフレットのモスク、ここ？

カルギルのホテルの部屋

ミンジ村

ここだった！

カルギルの町

カルギルのマーケットの杏

羊の毛皮

雲がポカリ

チャイとクッキー

フォトゥ・ラ峠
4029m

ラマユル僧院

ラマユル僧院の祭壇

五色の薄っぺらい石

山肌にはりつく家々

川の水が美しい

ティムスガン村

アルチのホテルより

はじめて居心地が
いいと感じた部屋

レーの町

トボトボ

ホテルの食堂、寒かっ

青い空にポプラの
白い木の
肌が輝く

車にダライ・ラマ14世の写真

ホテルの窓から見えた

世界遺産・フマユーン廟

男の子が教えて
くれたリス

木から落ちた
綿毛フワフワ

飛行機から見えた山々

フマユーン廟の庭で
ゆったりくつろぐ人々

これがパンフレットの写真
4P前と同じ場所

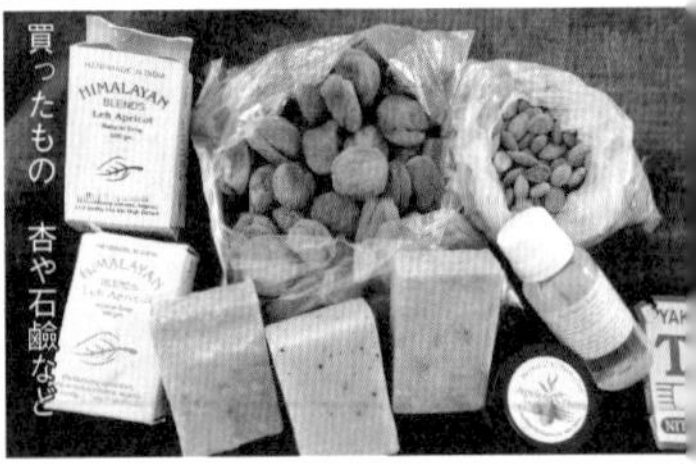

買ったもの　杏や石鹸など

イタリア
「花のドロミテ
山塊を歩く」
2016年6月21日～28日
47万8000円

レースの敷物

2016年6月21日（火）22日（水）1日目・2日目

18時20分　成田空港　第2ターミナル　Cカウンター前集合。

私はこれからイタリアへ行くのだ。ドロミテという名前すら知らなかったのだが。ドロミテというのはイタリアンアルプスで、イタリアの北の方らしい。たくさんの山があるところ。その上（北）はすぐオーストリア。スイスアルプスは有名だが、そこに近く、それみたいなものなのだと思う。ベネチアから行くらしい。その山岳地帯の初夏の美しいお花畑をハイキングする。

なんて素敵。

まず、その前に、私は今、品川駅にいる。

品川駅に来ると必ず買うおにぎり屋さんのおにぎりがある。明太高菜マヨネーズ。マヨネーズが表面にたっぷりと塗られていて香ばしい焦げめもついている。2個買うのはどうかと思ったけど、ちりめん山椒《さんしょう》もついでに買ってしまった。

成田エクスプレスでその2個をペロリと食べる。

今回の旅の連れ（初めて連れがいてとてもうれしい）、義理の妹、なごちんと出発ロビーで待ち合わせ。いたいた。

集合場所で係の方と会い、チェックインのことなどを聞く。添乗員のナカムラさんは関西から出発する参加者に同行するとのことでベネチアで合流予定。今回の旅は、東京より4名、大阪より6名の計10名。

チェックインして、本屋で本を買って、JALのラウンジでスープ、カレー、チャーハン、スパークリングワインをいただく。おいしかった。すでに食べすぎではないか……。

エミレーツ航空、ドバイ経由。21時20分出発。

機内で食事が2回。魚（○）、サーモンソテー（○）、白ワイン（△）。

夜中3時にドバイに到着。これから9時15分まで時間をつぶさなければならない。6時間以上もだ。つらい。

広いドバイ空港内をトコトコ歩いて、どこかで眠れないか場所を探す。同じように乗り継ぎを待っている人が多く、さまざまな民族衣装を着たさまざまな国の人がいた。ロビーは明るくてきれいで場所はたくさんあった。でも横になれるようなベンチはなく、ロビーの椅子に座って仮眠する。2〜3時間寝たら目が覚めた。ミールクーポンをもらっていたので、「フードコートで何か食べよう」と立ち上がる。いろいろ見て、インド料理の炊き込みごはん、ビリヤニにした。「これおいしいよ」と私が勧めて。ライスがホロホロしていておいしかった。

売店でチョコがけデーツを買う。

9時15分発の飛行機でベネチアへ。

機内食、サーモンソテー、おいしい。ミニスナックセットも。それと赤ワイン。

ドバイから5時間半、成田から丸1日ぐらいかかって、現地時間13時35分にベネチア到着。とても疲れた。入国審査に時間もかかったし。

ロビーで東京組4名、大阪組6名、添乗員のナカムラさんの、一同11名が無事揃う。それに現地ガイド、フランチェスコというカッコイイ男性と、チッチリーナという若くてかわいい女性。

2台の車（乗用車と小型のバン）にスーツケースをぎゅうぎゅうに詰め込んで分乗し、午後3時に空港を出発する。

途中、水の色がきれいな湖（サンタ・カタリーナ湖）のほとりで写真ストップ。湖の色は、水入れで筆を洗ったみたいな白濁したきれいな水色だった。

5時過ぎに今日の宿泊地、ミズリナ湖畔に到着。美しい湖と雪をかぶった山々と湖畔のホテル。まさに絵ハガキのよう。

「ホテルソラピス」というプチホテルにチェックイン後、1時間かけて湖畔を歩いて一周する。お花を探しながら。小さな黄色いキンポウゲ、青いリンドウ、ピンクのエリカなどが咲いていた。

ホテルに戻って夕食。ふたつのテーブルに分かれる。前菜を3つからひとつ、メインも3つからひとつ選ぶ方式だった。私は、前菜にマカロニトマト、メインにポークを選ぶ。味は、マカロニはおいしかったけど、メインのお肉はそうでもなかった。味つけがぼんやりしていて。生ビールは3・5ユーロ（420円ぐらい）、白ワイン4分の1カラフェで3・5ユーロ。デザートに、名物のアップル・シュトゥルーデル（アップルパイのようなお菓子）が出た。「これはこれから何度も出ますよ」とナカムラさん。

食後、なごちんと湖のほとりを散策する。夜の9時でもまだ明るい。「瞑想しよう」と言って、湖に面したベンチに座って目をつぶり、鳥の鳴き声を聞く。３６０度全方向からいろいろな鳥の声が聞こえる。チーチー、クックー、チュンチュン、チチチチ、ホーホー、ピー。サラウンドだ。

シャワーに入って、10時に就寝。山の上の湖のほとりの小さな山小屋風ホテルの一室にひとり。……静かで寂しいほど。

6月23日（木）３日目
5時に起床。

7時45分、朝食。パンの種類が多く、甘いパンもたくさんあって、わりと楽しめた。

8時半、出発。

今日からハイキング開始。変わりやすい山の天気のためにいろいろな準備も怠りなくした。日焼けを防ぐ帽子、速乾シャツ、レインスーツなど。

今日のハイキングは、ドロミテを代表する山のひとつ、トレ・チーメ・ディ・ラヴァレードを一周。

途中、お昼用の買い出しのために車がスーパーに立ち寄った。

その店の酒類の棚に、興味を惹かれたお酒の瓶を発見した。エーデルワイスの花の刺繍がガラス瓶にぴちっと貼りつけられている。なんだか素敵……、とじっと見る。その隣の琥珀色のお酒も気になった。3段階に濃淡があって。エーデルワイスのお酒の瓶が欲しいなあと思いながら、でも重いしなあ……とあきらめる。またどこかで出会うかもしれない。そしたら買おうかな。

山の駐車場に着いた。添乗員のナカムラさんの指導で軽くストレッチをしてから歩き始める。ナカムラさんは丁寧で落ち着いた女性。いい感じの不思議な味がある。

空は雲ひとつなく晴れわたっていた。

最初の長い坂道はけっこうきつかったけど、休み休み登る。ビューポイントのフォルチュラ峠（2545メートル）でフランチェスコが用意してくれたお茶とクッキーでひと休み。

そのあと行く予定のロカテッリ小屋はただいま閉鎖中ということで、ショートカットして近道の岩場を歩く。そのゴツゴツした岩、岩、岩、の小道にはよく見るといろんな小さなお花が咲いていた（イワカガミダマシ、コケマンテマ、キョクチチョウノスケソウなど）。

ランガルム小屋というところで昼食。お昼のサンドイッチはチッチリーナが毎回作ってくれる。今日はチーズとハムのサンドイッチ、りんご、チーズ。

食後、雪解け水でできた3つの池をめぐる。この池、年々小さくなっているそう。10年後にはなくなってしまうだろうとのこと。

トレイルに戻り、サッソ・ディ・ランドロの麓を歩く。遠くにオーストリアアルプスが小さく見えました。

さて、みなさんは、たまに何かを思い込んで一瞬はまってしまって、しばらくして振り返ってバカみたいだったと思うことはないでしょうか。私はそれが今日ありました。

というのも、私はこのハイキングのために日焼け止めを2種類買って用意していました。標高が高く紫外線も強いのでしっかりとした日焼け対策を！　ということでしたので。

私は肌が弱いのでできるだけナチュラルなものを買いました。ひとつは赤ちゃんでも使えると書いてあった、アロエやカモミール、カレンデュラを使ったオーガニックな天然由来成分100パーセントの日焼け止めクリーム。

が、出発直前に何かで「日焼け止めは肌に悪い」という文章を読み、ふむふむ、そうだな！　と急に思い、この炎天下、日焼け止めを塗らずに、代わりに天然のオイルが何も塗らないよりも肌にいいと聞いたので顔に塗って歩きました。たまに塗り足しながら。

でも、よく考えたら、そんなこと思わずにあのオーガニックの日焼け止めを塗っても別によかったのではないかと思いました。私は日焼け止めを毎日塗るわけじゃなく、このハイキング中だけしか塗らないのだから。

そう思ったのが今日のハイキングも終わりにさしかかった今です。その頃には顔は太陽の光をさんざん浴びて、てっかてかでした。たっぷり日焼けもしました。こんな高地の雲ひとつない晴天だもの。シミそばかすも増えたかも。なんか損した気分。

そんな微妙な思いを抱えつつ、2時過ぎ、最初の駐車場に帰着。

（心の中で小さく）バンザイ……。

ショートカットしたので4時間ほどの初日のハイキングでした。

次に向かったのがコルティナ・ダンペッツォという大きな町。明日、鉄人マラソンが行われるとかでにぎわっていました。ここで2時間弱のフリータイム。

デパートやスーパーマーケットに入って、いろいろ見る。食品を見るのは楽しい。名物の乾燥ポルチーニ茸がたくさんあった。いい匂い。クンクン。

これを買おうか、ずいぶん迷って、なぜか！　クノールのインスタントポルチーニ茸スープを買った。「nutella」というパンに塗るチョコレートクリームみたいなのがあって、「これおいしいよ」となごちんが言うのでそれも数個買う。

またしばらくそぞろ歩いてから、教会の前にあったホテルのオープンテラスで、ビールで乾杯。


本日のホテルはそこからほど近い山小屋風ホテル。だいたいどこもこんなふうなのかな。古く小さいながらもかわいく清潔な部屋。レースのカーテンとベッドカバー。廊下に飾られた絵、ルームナンバーと花のイラスト。

夕食も同じように3つの中からチョイス。私はトマトパスタと牛ステーキにしたが、味は同じくパッとしなかった。地ビール4ユーロ、ワイン4分の1カラフェで6ユーロ。

ここで食事しながらみなさんと簡単に自己紹介。

おだやかに控えめに、和気あいあいとしたみなさんの話を聞く。私たちが義理の姉妹だと聞いておばあさんたちが「まあ。いいわねえ。義理の姉妹で旅行なんて」「世間にあまりないわよ」と、みんな一様に驚いていた。でもお酒も進み、口も滑らかになって、「でも、遺産相続になったらねえ」「もめるわよ」とうれしそうに言い出した。

食後、なごちんと今日の感想を話した時、なごちんが「あの遺産相続って言い出した時、バーンと椅子蹴って帰ろうかと思った！」と鼻息荒く言うので笑った。血気盛んななごちんである。でも私もちょっと嫌だなと思った。けどよくあることだとも思った。ツアーで食事中、人と話すってこういうこと。人の意見を聞かされるってこと。

10時就寝。

6月24日（金）4日目
夜中に目が覚めてしまい、本を読む。また寝て、6時半起床。
7時半、朝食。ゆっくり食べる。朝食はあったかいものはないけどパンやチーズ、ジャム、ヨーグルト、フルーツなどの品数が多く、楽しい。しかも昨日買った「nutella」がどっさり。きゃ～、こんなにあるなら買わなくてもよかった。2個、もらった。

今日はまず、ロープウェイでラガツォイ小屋（2752メートル）というところまで一気に上がった。そこから見晴らしのいい十字架のある展望台まで散策。岩の山で空が広く、雲が下に見えるよ。

ロープウェイに戻る前に、第一次世界大戦中、イタリア軍やオーストリア軍が岩山を穿《うが》って造ったというシェルターを見学。氷があって足元が滑りやすかった。機関銃が設置されていたという場所を見る。ここにこもっていたのかと想像する。


ロープウェイで下りて、駐車場にある2軒のお土産屋さんを見る。小さいけれども魅力的な商品がぎっちりとつまってる。そこでなごちんとぶたの貯金箱の大・小をそれぞれに購入。体に山や家が立体的に描かれている奇妙さがとてもかわいいぶただった。

やはりエーデルワイスが人気みたいで、店の前には鉢植えの花もあったし、お土産の杖にも小さく描かれていた。そして近くにはかわいい教会もあった。


移動して、またロープウェイでコルアルト高原というところへ。

まず昼食。今日はクリームチーズとハムのサンドイッチ、りんご、ピクルス。

よく整備された道を歩く。まるでアニメのハイジの世界。ふと見ると空に龍の横顔のような雲あり。ニュージーランドから飛んできたか？　いや、龍はどこにでもいるのだろう。

緑の丘と小さな花々が咲く中を歩く快適なハイキングだった。が、最後あたりはかなり疲れて、足がジンジンした。

たどり着いた麓のスーパーで買い物する。そして乾燥ポルチーニ茸を買う（数百円）。あまりにもいい匂いだったので。


今日のホテルに着いた。

ここもこざっぱりとした清潔な部屋。

食事は隣のレストランへ。サラダバイキング、野菜のスープ、チーズ、きのこ、ソーセージとポレンタ。味は、まあまあ。

同じS旅行のもっと本格的な山歩きをするトレッキンググループも同じホテルで、その人たちも「疲れた疲れた」と言って、「明日からはそっちの楽なハイキングコースに移りたい」と口々に同じ冗談を言ってきてうるさかった。食事中もお酒をたくさん飲まれたのか、大声でしゃべったり笑ったり、大変に騒がしく、他のお客さんの手前、ちょっと恥ずかしかった。

6月25日（土）5日目
雨の予報だったけど晴れたのでよかった。

このホテルの食堂にはいろいろなサボテンの鉢がたくさん置かれていてかわいい。私はサボテンが好き。朝食をおいしくゆっくり食べる。出発前にフランチェスコが車のボンネットの上に地図を広げて、今日のルートをみんなに教えてくれた。

今日もまたロープウェイで山の上の方まで上り、そこからハイキング。

山の中腹を上がり下がりしながら歩く。とてもきれいで気持ちいい、絵のようなハイキングコース。お花を見ながらずいぶん歩いた。

ご夫婦が一組いらして、奥さんは「お花が大好き」というやさしそうな方でお花の名前にとても詳しい。「花博士」と私たちは呼んで、時々名前などを尋ねた。ご主人は静かで大人しそうな方で、たまに珍しい花を見つけて、褒めてもらいたい子どものように熱心に奥さんに教えては、「それはさっきもあったわ」「それはよくある花よ」とぴしゃりと言われていた。

お昼は、ジミー・ロープウェイ駅の広場のベンチでチーズとハムのサンドイッチ、ネクタリン、ピクルス。そのあと隣のジョージ山小屋で生クリームのおいしいカプチーノを飲む。

ちょっと雨がぱらついたけどすぐに上がった。

午後は車で20分移動して、ルンガ谷へ。牛が放牧されているのどかな谷間を散策する。地元で「マリアちゃんのお靴」と呼ばれているクマガイソウの一種を見る。1時間ほど歩いたら黒い雲が広がってきた。これは雨が降るなと、みんな急いで戻る。

車に戻ったらとたんに大雨。

しかも小さい方の車が動かなくなり、私となごちんだけしばらくここで待機することに。牛を見たりしてぼんやり過ごす。ずいぶん待ったわ。

雨も上がり、やっと迎えが来て、セルバの町でショッピング。もうその頃には陽が輝いていた。みなさんはさっきからずっとショッピングしていたよう。スーパーマーケットやショップを見て、私は小さなオリーブオイルを買った（トリュフ入り）。なごちんは美しいレース布などのあるお土産物屋さんでエーデルワイスの刺繍の入った小さな敷物みたいなのを買っていた。


5時前にホテル「シャレー・ドゥラチェス」へ。ここはこのツアー中、いちばんきれいで新しく、素敵なホテルだった。木や炭を使ったインテリアもセンスがいい。

とてもいい気持ちになって周囲を散歩する。ホテルやお部屋がきれいだと気分も違う。ライラックが咲いていていた。

夕食は、お隣のレストランへ。かわいい山小屋風でここもとても素敵。メニューはもう決まっていて、サラダ、ビーフシチュー、マッシュポテト、デザート。味は、またしてもまあまあ。でもプロセッコ（スパークリングワイン）やワインがすすみました。

今回のメンバー10名は、みなさんお花やハイキングが好きなだけにおだやかな雰囲気。日本各地から集まってらっしゃる。

東京から私たち、滋賀県の花博士ご夫婦、カンボジア好きの白髪のハッキリとしたおばあさん。神奈川県から、ベリーショートの白髪のおばあさん。

札幌から、頭つるつるの元気なおじさん。もう50回もツアーに参加しているそうだが、ユーロ圏は初めてという。ナカムラさん添乗のツアーは4度目。

兵庫県から、大きなサングラスがおしゃれな八千草薫似のかわいらしいおばあさん。この方も旅好きでナカムラツアー4度目。

神戸から、私が行きたいと思っているジョージアに行ったというおかっぱのおばさま。

そして愛知県から、S旅行ひとすじというツアー8回目のおじいさん。

平均年齢はいつものように高い。みなさんとても旅慣れている様子。

食後、気分がよく、そのままホテルのバーでビールを飲む。

9時でも明るい。目の前の斜面は冬はスキー場なのか。本格的な山チームのおじさんが通りかかったので少し話す。写真をいろいろ見せてくれた。

プロセッコ2杯と、白ワイン4分の1カラフェ、ビールで、今日はいつになく飲みすぎてしまった。

10時就寝。

6月26日（日）6日目
5時半、起床。よく眠れた。
今日は雨の予報だったけど、まだ降ってない。
7時半、朝食。ホテルのレストランで。やはり食事もおいしかった。チーズと生ハムが特に。今までで初めておいしいと思った食事だった。

やっぱ思った。

貧乏旅行も、冒険も探検も、むき出しの新鮮な感動も何もかも、20代、せめて30代まででいい。もう今の私は、旅行もそんなに頻繁に行きたいとは思わない。もしも行くなら、時間に余裕のある、おだやかな旅行がいい。豪華すぎる旅行も気づまりだから嫌だ。こんなふうに小さくてきれいで温かみのあるホテルと少しのおいしい食事、そういう旅行ならこれからもたまにしてみたいな。短期間にいろいろ行きすぎて疲れたのかもしれない。

来たのが遅くて、ひとり遠く窓際のテーブルでいつまでも食べているなごちんが見える。私もお茶を飲みながら最後のおいしいもののひと口をゆっくりいただく。ふとテーブルの上の植物が目に入り、驚いた。

こ、これは。私の家にある謎の植物だ。数年前に気に入って買ったのだけど、いったいそれが何なのか調べてもわからなかった。他で見たこともない。丸い円筒形の葉で、サボテンでもなく、でも厚みからしてサボテンやアロエに近い。水をあげなくても枯れず、ずっとそこに存在していた家の鉢植えの植物。しかもここではみつあみにされている。こんなふうにしていいんだ……。思わず記録写真を撮る。

8時半、駐車場にチッチリーナの3歳の息子さんも来た。チッチのお父さんが現地旅行社の社長さんなのだそう。そのおじいちゃんと息子さんがそっくりだった。

今日は雨が降りそうということで、サンタ・クリスティーナ・ロープウェイ乗り場でレインウェアを上下着る。10分後、２１０６メートルの山頂駅に着いて、晴れたり曇ったりの中、下り中心の楽なハイキング。

ひとつ目の山小屋が見えた頃、花博士がエーデルワイス発見。

暑くなったのでレインウェアを脱いで、さらに下る。途中で山チームとすれ違う。こっちが下っていく道を、向こうは上っていくのだった。

小さな池で小休止して、樹林帯の上り道をあがったところで真っ黒な雲が発生。雨がぱらつく中、急いで山小屋に駆け込む。駆け込む前に丸い石のアートみたいなのを見た。

小屋に入ったとたん、大雨。レモンソーダを飲みながらしばらく休憩する。雨宿りの人が次々と駆け込んでくる。

40分いてもすごい雨。しょうがないのでレインウェアを着て20分後に出発、とナカムラさん。

準備して出たら、雨上がる。

だんだん明るくなっていく空の下、山々を眺めながら爽快に下る。クレマティスがきれいだった。

駐車場から車で移動して、セッラ峠（２２４０メートル）へ。

まず昼食。山小屋で希望者はエスプレッソコーヒーを飲みながら、テラスを借りてサンドイッチとネクタリンを食べる。私は苦いのが苦手なのでエスプレッソは辞退する。

今日のチッチお手製のサンドイッチは、ビーツとチーズとハムのサンドイッチ。おいしかった。こういうただのパンにただチーズとハムをはさむだけでいいんだなと今回思ったが、日本とは何かが違うのかもなあ。パンがこっちの方がサクサクと乾燥してるかも。

食後、ここからセッラ峠付近の散策。フランチェスコおすすめルートを進む。

サッソルンゴの麓に広がる黄色いお花の咲く草地へと下っていく。ここにはドロマイトの岩々がゴロゴロとしていて、岩登りをする人々が多いそう。斜面をたらたら下りていく。ところどころで立ち止まって説明を聞きながら。見るとみなさん、帽子にサングラス、顔には日除け布やバンダナ、タオルを巻いていて、全員ぬすっとのようで笑える。最初から最後まで一歩外に出るとだれがだれだかわからない。

黄色いお花のところで写真を撮ったりしてから、ゴツゴツした岩場へと下る。

岩登りをしている人がいたので見たり、岩登りが得意なフランチェスコが軽々と登る様子を見せてくれたりした。

そこまではよかったのだが、岩場で出口がわからなくなり、延々とゴツゴツした岩場を歩かされて、途中、引き返したり、急な崖を登ったり。迷ってしまったよう。なごちんは手を岩でグキッと痛めてしまい、フランチェスコのプロとしてあるまじき初歩的なミスにご立腹の様子。迷いながら進み、やっと下の駐車場に出ることができた。

そこでしばし休憩。なごちんはさっそくナカムラさんに手のことを伝えて、手当てしてもらっていた（大事に至らず）。売店を見たら素朴な木彫りの温度計があって、ちょっといいなと思ったけど、温度計は絶対に使わないと思ったらあきらめがついた。


今日のホテルがあるカナツェイという町へ。

ここで1時間弱の自由時間。自転車レースが開催されていて、ここがゴールになっていた。次々と自転車に乗った人が下りてくる。私はお店でお菓子（ヌガー）を買う。ここで瓶にエーデルワイスの絵が描かれたお酒を発見。刺繍のはあれから見ない。

5時にホテルへ。街道沿いの古いロッジ風ホテルだった。ベッドにごく小さなチョコレートが1個、ポンと。見過ごしそう。廊下や部屋に絵が飾られていてちょっと好きだった。

7時から夕食。すぐ目の前のピザ屋の予定が、なぜか予約が入ってなくて、急きょ街中の姉妹店へ。車で移動。

サラダと、大きなピザが4枚。ピザはそれぞれ6つにカットされていて、2枚でお腹いっぱいになる。グラスに入っていてストローで飲む白いレモンシャーベットというのがとてもおいしかった。ナカムラさんがお手製の新ショウガの甘露煮をふるまってくれたけど、「ピザにはミスマッチでしたね」と自分で言ってた。正直ホント。

部屋に戻り、ベッドにゴロンと寝ころんで天井を見上げる。照明の丸いガラスの白い模様がうずを巻いてきれいだなと思い、じっくり眺める。部屋の絵なども眺める。

6月27日（月）7日目

7時半、朝食。果物、チーズ、ハム、ヨーグルト、ジャム、はちみつ、コーンフレークなど品数が多く、楽しめた。

8時半、出発。ハイキング最終日。ドロミテ最高峰のマルモラーダ山頂近くの展望台へ行く予定。

まず、斜面に羊がたくさんいたフェダイア湖を見てから、午前中はマルモラーダ南壁の谷あいにあるマルガ・オンブレッタまでハイキング。

お花を見ながら1時間半ほどで到着。

その谷は牧歌的だった。草地が広がり、牛がいて、夏だけ開いている小さな山小屋カフェがあって。本当に小さな清涼な世界。

ツアーのパンフレットの表紙の写真がここになっている。こんな素敵なところに行くのか！　と思ったけど、実際に行くとまた感じが違う。けっこう普通だ。

いつもパンフレットの表紙は素晴らしく見えるが、それはそこだけを切り取っているからだろう。現実世界は自分を中心にした果てしない空間でひとつひとつのものはそんなに大きく見えない。まわりにたくさんのものがあってそれぞれが小さい。

まあそれはいいとして、そこでクリーム入りヨーグルトやチーズを試食する。ヨーグルトはおいしかったけどチーズはそれほどおいしいと思わなかった。でも、みんなが買っていたので、しかもここまで登ってこないと買えないという付加価値も感じて何個か買う。丸いチーズを切って、重さを計って売ってくれる。みんながたくさん注文したのでおばちゃんはうれしそうに切っていた。ナイフ片手にニヤリと笑うその笑顔を見て『地獄のモーテル』という映画をチラッと思い出す。

外で草を食んでいるそれほど多くない牛たち。この牛のミルクから作られたと思うと感慨深い（日本に帰って食べたらやはりチーズはそれほどおいしいとは思えなかった）。

下りる時、すずらんの花を見た。

下りて、ストレッチをして草地でランチ（生ハムのサンドイッチ）。ナカムラさんがさっきの山小屋で買ったサラミをみんなに切り分けてくれた。柔らかくてレアなサラミ。

私はまったくおいしいと感じなかった。

最後の山へ行く。

マルガ・チャペラ・ロープウェイ乗り場から、第2駅でロープウェイを乗りかえてプンタ・ロッカ頂上駅（3265メートル）へ。さすがにヨーロッパの人は背が高い。吊り輪というのか、吊り棒（先に丸い玉がついている）にやっと手が届く。

上っていく途中、地面を見下ろすと羊が虫のように小さく見えた。緑に白い点々模様。

頂上では山一面にガスがかかり、何も見えない。

しょうがないよね。みんなはマルモラーダの山頂が見えなくて残念って言ってたけど山頂にも興味のない私はなんとも。

雪の上で記念写真を撮り、「滑落注意」の看板を見て、いい雰囲気の洞窟礼拝堂を見て、第2駅まで戻る。そこにあった第一次世界大戦に関するミニ博物館を見てから、カフェで休憩。カプチーノがおいしかった。

ロープウェイで下りる時、また地面を見ていたら、羊が移動して点々が違う模様になっていた。

地上に戻ると、お天気は悪くない。

そこからアレゲという湖に面した小さな町へ。スーパーマーケットに入って、またいろいろ見る。乾燥ポルチーニ茸と、生ハムみたいなのと、パルミジャーノ・レッジャーノチーズを買った。このチーズはおいしかった。乾燥ポルチーニ茸も、家に帰って戻して食べたらすごくおいしかった。香りがすごくて。これか！　と思った。

今日のホテルはアレゲ湖畔の瀟洒《しょうしゃ》な古いホテル。

ルームキーについていた黒くて重くて丸い飾りが好きだった。黒くて丸い玉、これで3個見たことになる。山小屋前のアート、吊り棒の玉、そしてこれ。3つの黒い丸。

私の部屋は湖に面していなかったけど、身を乗り出すと静かな湖面が見えた。

夕食はまた3つから選ぶのだったので、私はカネロニと子牛肉のきのこソースにした。どちらもやはり、それほどおいしいと思わなかった。

頼んだプロセッコが陶器の入れ物に入ってきてたので、それとわからなくて再注文してしまった。いつのまにかテーブルに置いてあったのだ。そのせいでけっこう飲んだなあ。気分よく。隣に八千草薫似のアンニュイ貴婦人が座ったので、食べながらいろいろ話す。彼女は来月、ロシアの北極圏の海を回る3週間のクルーズツアーに行くのだそう。まだできたばかりのツアーで150万円ぐらいって言ってたかなあ。私が行きたかったグリーンランドにも行ったことがあるそうで、「人生観が変わったわ」と。

「でも、こんなふうに旅行に行けるようになったのもここ最近よ。それまでは忙しかったわ」と静かに語る貴婦人。

いつまでも明るいので、夕食後、なごちんと湖畔をお散歩する。

さわやかで気持ちいい。

「なんか、やっぱり、こういうツアーは年とってからのものだね……」

ツアーは70歳からにしよう。人と一緒にいても平気になってから。

部屋に戻ったら、なぜかサイドテーブルの上のレースの敷物をとても素晴らしく感じ、何枚も写真を撮った。このレースの敷物を売ってたら明日買おう、と思ったほど。

なぜあれほど素晴らしく感じたのかは今となっては謎。

読書をしてから11時に眠ったけど、夜中に外のテラスのドアが風でギコギコうるさかったので耳栓をした。

6月28日（火） 8日目
5時半、起床。帰る日。

朝食をゆっくりととる。朝からチョコレートケーキ。そして食堂にはフクロウの置物。階段に、昨日から妙に気になる、見るたびにふと何かを感じる絵があったので写真に撮る。不穏な、モノトーンの、木と男の人が立ってる絵。

9時15分出発だったので、それまで近くの食料品店兼お土産屋さんを見に行く。

入り口のプラスチックののれんがいい。ショーウィンドウの木にささったナイフのディスプレイも緊張感があった。

うす暗い店内に、食料品と共に古ぼっちい小さなお土産物がたくさん。安い小さな3センチぐらいのお家《うち》の置物が並んでる。ちょっといいなと思いつつも、買わなかった。

時間が来てホテルを出る時、ホテルのショーウィンドウにさっき見たお家の置物があった。屋根がキラキラ光ってる。アレゲというここの地名入りのお土産物だ。

バスに乗り込んで、その写真を「これ、いいよね〜」となごちんに見せたら、「ああっ！やっぱり買えばよかった！」と後悔しきり。店で、ちょっといいなと思ったんだって。でもなんか買わずに出たら、この写真を見て、やっぱり、って。

そういうことあるよね。欲しいと思った時に行動しなきゃね。あとになったらもう遅いの。エーデルワイスの刺繍のお酒もあれっきりだったし。

フィレンツェの空港へ。途中、サービスエリアでトイレ休憩。バッチチョコレートを買う人、何か飲む人、それぞれに。トイレのドアが花の絵できれい。

ベネチアの空港でチッチさんとフランチェスコにお礼と別れの挨拶。ありがとうございました。

チェックインの手続きをして、出発ロビーに入る。

小腹がすいたので、何か食べようと空港内のフードエリアへ行く。トレイを持ってバジリコのショートパスタと焼いた肉をチョイス。

それが、ものすごくおいしく感じた。今まででいちばん。

パスタはきゅっと締まってもちもち。肉はただシンプルに鉄板でジュッと焼いただけ、それに塩コショウ。でもそれが何よりもイキイキとしていたのだ。

どう違うのだろう？　昨日までの味とは。

私は考えた。

イタリアといっても、山の料理はまた食文化が違うのだろう。日本でも、田舎料理ってある。ドロミテで食べた料理は、肉でも煮込んだものが多かった。焼いたとしてもパリッ、ジューシューと焼くのでなく、水分の多い状態で焼き煮、みたいな感じだった。煮ると肉って焼き目がつかずに白っぽくなるけどそんな感じ。それにクリーミーなソースを絡ませてあって、なんとも中途半端な味に。っていうのは私の感想だけど。

とにかくこれはストレートにとてもおいしく感じた。

ベネチアからドバイへ。

ドバイでの待ち時間に、大好きなデーツのお菓子を買って、タイカレーを食べた。おいしかった。

ミズリナ湖

サンタ・カタリーナ湖

アップル・
シュトゥルーデル

お酒の瓶

朝食

マカロニトマト味

ビール

岩場を歩く

ランチのサンドイッチ

イタリア

山小屋風ホテル

ポーク

フォルチュラ峠
うしろの山が
トレ・チーメ・ディ・ラヴァレード

トマトパスタ

ルーム
ナンバー 22

かわいらしい室内

牛ステーキ

朝食

ラガツォイ小屋から歩く
空が広い〜

エーデルワイスの鉢植え

十字架
貯金箱
本日のランチ
杖にも
ーデル
イス柄

かわいい教会

コルアルト高原　まるでハイジの世界

ファー

ずっとこんな

ふと見ると龍の横顔のような雲が！

イタリアのお金
ワイン代

チーズ、きのこ、
ソーセージ、ポレンタ

24日のホテル

地図を広げて今日の予定

サボテンの鉢

ぐるりと……

歩く

クレマティス　美しい

マリアちゃんのお靴

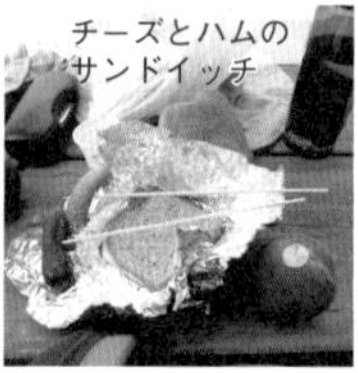

チーズとハムの
サンドイッチ

カプチーノ飲む

歩く

ルンガ谷

素敵なホテル

窓からの景色

木や炭を使ったインテリア

ライラックの花

これが家のこの植物

まねして曲げてみました

朝食

チーズと生ハムがGOOD!

ビーツとチーズとハムのサンドイッチGOOD

山小屋で雨宿り

雨上がる

迷う

サッソルンゴ山麓

ロッジ風ホテル

チョコ

エーデルワイスの絵が
描かれた瓶

朝食

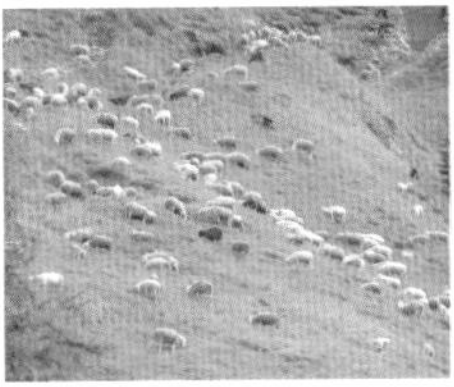

ピザ

ナイフを手にニヤリと笑う
かわいいおばちゃん

マルガ・オンブレッタの
山小屋風カフェ

ヨーグルト

生々しかった
サラミ

温度計

登って行く途中、羊が虫のように小さく見えた
このあと広がる

ホテルの食堂の置物

カプチーノ

雪です

滑落注意

静かな湖面

吊り棒の玉

キラキラ光ってた
お家の置物

ふと何かを感じた絵

仔牛肉のきのこソース
うまくもなし

旅の記録を振り返って

なんともそっけない書き方に驚きました。こんなにもクールに旅を味わっていたのかと。こんなふうにしか私は旅を味わえないのかと。これが私の立ち位置なんだ……と一瞬、ちょっと落ち込んだほど。

私の好きな旅はどんな旅なのか。それを探している途中ということはわかった。それでも、これらの旅を振り返って思ったことがある。

こういう旅はもう二度としないだろう。したくてもできないだろう。

どの旅も一度きりで、どの旅も振り返れば懐かしい。どの旅にもそれぞれに他にはないよさがある。そしてどの人からも心に何かを刻まれた。だからまたすぐに行きたくなる。あの国はどうだろう、あの町はどんなだろうと考えてしまう。

きっとまた、どこに行っても私はあれこれぶつぶつ言うだろうが、これからもひとつひとつの旅を、そこに導かれた縁を、そこで出会った人たちを大事にしたい。

旅ができるということは、奇跡のように有難く、素晴らしいことだから。

そしてもちろん、私たちの人生も長いひとつの旅なのだ。

銀色夏生

文庫版あとがき

旅とは

今、私がこれを書いているのは2020年5月です。

今後、新型コロナウィルスの影響で世界の状況がどうなっていくのかまったくわからないのですが、少なくとも海外旅行はしばらくできなくなるでしょう。そう思いながら読み返していたら、すべてが愛しく貴重なものに思えてきました。

出会った出来事、見たこと、知り合った人々。苦しかったり嫌だなあと思ったことさえ、なんとイキイキと輝いていることか。

落として割れてしまった美しいグラスの欠片を見るようです。

でも本当は、いつも、いつでも、どんなことでも、貴重で素晴らしいことです。それがはっきりとわかるのは、それを失った時。そう思えば、狭まった今の環境の中のこと、今日の、さっきの、今ここの、この瞬間も、その美しいグラスの欠片そのものです。そのことを感じることができたことは、新しい視点の発見でした。

実は私たちの世界は、最初から最後まで、少しも狭まってはいないのです。今までだって太陽や北極星には行けなかったわけで、いつの時でも、行けるところと行けないところとその境目は存在します。

今、目の前のここが、今日の私たちの愛すべき世界で、見えているものが現実です。見えなくなったものをいつまでも追いかけるのはやめて、この世界でできることを今までと同じようにイキイキと体験したい。

旅ができるということは奇跡のように素晴らしいこと。そしてもちろん、私たちの人生こそが長いひとつの旅なのです。

銀色夏生

この作品は二〇一七年十二月小社より刊行されたものです。

こういう旅《たび》はもう二度《にど》としないだろう

銀色夏生《ぎんいろなつを》

令和2年8月10日　初版発行

発行人――石原正康
編集人――高部真人
発行所――株式会社幻冬舎
〒151-0051東京都渋谷区千駄ヶ谷4-9-7
電話　03(5411)6222(営業)
　　　03(5411)6211(編集)
振替00120-8-767643
印刷・製本―図書印刷株式会社
装丁者――高橋雅之

検印廃止
万一、落丁乱丁のある場合は送料小社負担でお取替致します。小社宛にお送り下さい。

本書の一部あるいは全部を無断で複写複製することは、法律で認められた場合を除き、著作権の侵害となります。

定価はカバーに表示してあります。

Printed in Japan © Natsuo Giniro 2020

幻冬舎文庫

ISBN978-4-344-43005-1　C0195　き-3-22

幻冬舎ホームページアドレス　https://www.gentosha.co.jp/
この本に関するご意見・ご感想をメールでお寄せいただく場合は、
comment@gentosha.co.jpまで。